U0846021

普宁

PNIN Vladimir Nabokov

弗拉基米尔·纳博科夫

梅绍武——译

上海译文出版社

图书在版编目(CIP)数据

普宁/(美)弗拉基米尔·纳博科夫(Vladimir Nabokov)著;梅绍武译.
—上海:上海译文出版社,2019.5(2023.8重印)
(纳博科夫精选集.Ⅰ)
ISBN 978-7-5327-8072-3

Ⅰ.①普… Ⅱ.①弗… ②梅… Ⅲ.①长篇小说—美国—现代 Ⅳ.①I712.45

中国版本图书馆CIP数据核字(2019)第053106号

Vladimir Nabokov
PNIN

Copyright © 1953, 1955, 1957, Vladimir Nabokov
All rights reserved

图字:09-2005-111号

普宁
Pnin

Vladimir Nabokov
弗拉基米尔·纳博科夫 著
梅绍武 译

出版统筹 赵武平
责任编辑 邹 滢
装帧设计 山 川
版式设计 @broussaille私制

上海译文出版社有限公司出版、发行
网址:www.yiwen.com.cn
201101 上海市闵行区号景路159弄B座
江阴市机关印刷服务有限公司印刷

开本787×1092 1/32 印张8 插页5 字数175,000
2019年5月第1版 2023年8月第4次印刷

ISBN 978-7-5327-8072-3/I·4960
定价:59.00元

本书中文简体字专有出版权归本社独家所有,非经本社同意不得转载、摘编或复制
如有质量问题,请与承印厂质量科联系。T:0510-86688678

献给薇拉

第一章

一

那位上了年纪的旅客，坐在风驰电掣的列车靠北窗户的位子上，对着两个空位子，身旁也没人坐，他不是别人，正是铁莫菲·普宁教授。他头秃得挺像个样儿，皮肤晒得黧黑，脸蛋也刮得蛮干净，首先让人印象深刻的是他那个褐色的大脑袋，那副（遮住开始脱落的眉毛的）玳瑁边眼镜，猿猴那样厚实的上嘴唇，滚粗的脖颈和那穿着绷得挺紧的花呢上衣的、结实的身子骨儿；但临了叫人多少有点失望的是他那（眼下穿着法兰绒裤子、交叉着的）两条腿却挺瘦，脚也显得纤弱无比，几乎跟娘儿们的脚一模一样。

他那双邋里邋遢的羊毛袜子是猩红色的，带有淡紫色的菱形图案；那双老式的黑色浅口鞋让他花费的钱，几乎跟他用在全身装束（包括那条花里胡哨的领带在内）其他方面的钱一般多。一九四〇年代以前，他在欧洲那段生活稳定的时期，一向爱穿长衬裤，裤脚塞进颜色素净、旁边绣花的干净丝袜里，用袜带吊在穿着棉布裤的腿肚子上。那当儿，对普宁来说，把裤腿提得过高而让人瞥见里面的白衬裤，就如同让太太小姐们看到他没戴硬领和没打领带一样粗鄙；就连住在巴黎第十六区那座肮脏的公寓时——普宁逃出列宁化了的俄国，在布拉格受完高等教育之后，在那里面住过十五个年头——如果那位看门的卢老太婆上楼来收房租，正巧碰上古板的普宁没戴 faux col[1]，他也会马上用一只高雅的手遮住脖子前面的领扣。这一切在这个新世界随意的气氛里都有了些改变。如今，他已经五十二岁，反倒热中于日光浴，穿短袖衬衫和松松垮垮的长裤子了，两条腿一搭起来，就存心老脸厚皮地露出好大一片光腿。眼下，他就可能对着一位同路的旅客如法炮制，可是这节车厢里除了一名士兵在一头呼呼酣睡，另一头两位女士在专心照应一个婴孩之外，只有普宁，别无他人。

这儿要透露个秘密，那就是普宁教授坐错了车。他本人并不知道，列车员也不清楚，后者这时已经穿过几节车厢来到普宁乘坐的这一节。说真的，普宁这当儿倒觉得扬扬得意咧。克莱蒙纳妇女俱乐部副主任裘迪丝·克莱德小姐请他星期五晚上到克莱蒙纳——这个城镇在普宁一九四五年起就栖身执教的温代尔西边大约两百俄里——做一次学术报告，她告诉我们这位朋友说乘下午一点五十二分驶离温代尔的那班火车最合适，四点十七分就抵达克莱蒙纳了。但是普宁跟许多俄国佬一样，过分喜好时间表、地图、目录这类玩意儿，尽量把它们收得齐全，然后带着无事瞎忙的兴奋劲儿，随心所欲地利用它们，一旦给自己推敲出一些时间表就沾沾自喜。他经过一番研究之

1 法文，衬衫上的活硬领。

后，发现有一班更方便的车次（下午两点十九分离开温代尔，四点三十二分抵达克莱蒙纳），旁边还有个不大显眼的参照符号，标明每周星期五，且只有星期五，这班两点十九分的火车开往远方一个同样冠有一个悦耳动听的意大利名字的比较大的城市，中途在克莱蒙纳有一站。可是对普宁来说，不幸的是他那份火车时间表是五年前印的，其中有一部分早已不管用了。

他在温代尔学院教俄语，这是一家多少带点地方色彩的学府，其特点是在景色美丽的校园正中开了个人工湖，爬满常春藤的走廊把各座大楼连接起来，几幅壁画展现了该校一些得到公认的教员正在把知识火炬从亚里士多德、莎士比亚和巴斯德[1]手里传给许多傻大肥粗的农场小伙子和姑娘。此外，这里还有一个活跃而庞大的德语系，系主任哈根博士得意扬扬地称它是“学府里的学府”（说的时候把每个音节都念得非常清楚）。

在一九五〇年秋季学期里，注册念俄语的学生不多，有一个过渡班的学生，爽直而认真的贝蒂·勃里斯，一个仅露了名字的高年级学生（选了学分而从没上过课的伊万·德勃），还有另外三名生气勃勃的初级班学生：约瑟芬·马尔甘，他的祖父母都生在明斯克[2]；查尔斯·麦克白斯，具有惊人的记忆力，已经处理了十种语言，准备再埋葬十种；无精打采的爱

1 Louis Pasteur（1822—1895），法国化学家和生物学家。

2 Minsk，白俄罗斯首都。

琳·兰，有人对她说一旦掌握了俄文字母就差不多能阅读《安娜·卡拉马佐夫》[1]原文版啦。普宁作为一名教员，根本没法跟那些分布在美国学术界各处的了不起的俄国太太小姐们竞争，她们尽管没受过什么正规教育，却不知怎地只凭直觉、巧嘴灵舌和一种母性活力，竟然在那种伏尔加母亲河的歌谣、红鱼子酱和茶炊的氛围里，把她们那艰深而美丽的语言的神秘知识一一灌输给了一群懵懵懂懂的学生；普宁作为一名教员，也从来没设想过要进入近代科学语言学的崇高殿堂——苦行僧般研究音素的学术界，一些认真的小伙子在那殿堂里面学的不是语言本身，而只是学会了一套方法并教别人也用这种方法来教学罢了；这套方法犹如瀑布一般，水花从这块岩石泼溅到那块岩石，不再是一种合理的导向式媒介，但在难以想象的将来也许会有助于发展深奥的方言土语——基本的巴斯克语[2]什么的——只有某些精制的机器才能说得上来。普宁对这份工作无疑采取一种漫不经心的闲散态度，他确实只靠一家比温代尔学院大得多的学府的斯拉夫语系主任主编的一本文法书来教课，那位主任是个年高德劭的骗子，俄语蹩脚得简直成为笑谈，可他却宽宏大量地让别人匿名苦干出来的产品借用他的大名出版。普宁尽管有许多缺点，却具备一种令人释怀的、老派的魅

1 这里把托尔斯泰的《安娜·卡列尼娜》和陀思妥耶夫斯基的《卡拉马佐夫兄弟》两书的名字弄混了，说明那人对俄罗斯文学的无知。

2 Basque，欧洲比利牛斯山西部地区的古老语言。

力，他那位忠实的保护人哈根博士在一些脾气别扭的校董面前力称那种魅力是一种精巧的进口货，值得用本国现金支付。普宁一九二五年前后在布拉格大学荣获的社会学和政治经济学博士学位，到了本世纪中叶已经变成没多大用途的头衔，可他作为一名俄语教员倒也不能说完全不称职。他招人喜欢，并非由于什么主要才能，而是由于他那种令人难以忘怀的插科打诨，他一离题东拉西扯就会摘下眼镜，一边眉飞色舞地追忆往事，一边按摩他那副现实的镜片。用蹩脚的英语扯扯怀乡话题啦，自传性质的奇闻轶事啦，普宁怎样来到 Soedinyonnïe Shtatï（合众国）啦。“登岸前在船上接受海关检查，好好！‘没什么东西要报关吗？’‘没有。’好好！然后是些政治问题。他问：‘你是无政府主义者吗？’我就回答，”——这位开讲人由于打心眼里涌现一阵暗自得意的欢乐而暂停一会儿——“‘首先，我们对“无政府主义”该怎么理解呢？是实际的呢，形而上学的呢，理论的呢，神秘的呢，抽象的呢，个人的呢，还是社会的无政府主义？我年轻的时候，’我说，‘这一切对我来说都具有重要意义。’于是我们就展开一场很有趣的讨论，结果我在埃利斯岛[1]整整度过了两个星期。”——肚子开始起伏，一起一伏，这位开讲人捧腹大笑起来。

还有一些更妙的幽默场合。仁慈的普宁带着一种羞答答的

1 Ellis Island，纽约移民登记处所在之岛。

神秘表情，一边准备为孩子们讲些自己当年领略过的妙趣横生的事儿，一边自己先忍俊不禁，露出一嘴残缺可怕的黄牙，然后会打开一本破旧的俄文书，翻到他小心夹了一张精致的人造革书签的地方；打开那本书的时候，脸上往往会浮现一种惊慌失措的神情，使他那温顺的容颜全然改色；他张着大嘴，狂热地来回翻弄那本书，可能要过好几分钟才找到所需要的那一页——或者对自己毕竟标对了地方而感到满意。他选的段落大都摘自差不多一世纪以前奥斯特洛夫斯基[1]草草写成的一些有关商人生活习气的、古老而幼稚的喜剧，或者出自一出同样古老、甚至更古的、靠曲解词义取胜而价值不大的列斯科夫[2]的闹剧。他用亚历山大古典剧院[3]（彼得堡一家剧院）那种洪亮热情的声调，而不是用莫斯科艺术家剧院那种清脆纯朴的声调，把这些老古董念出来；不过要欣赏这些段落至今尚存的任何妙趣，人们不但得充分熟悉方言土语，而且也要有丰富的文学见识，他这个可怜的小班内的学生这两样可均不具备，因此只剩下这位表演家独个儿在欣赏课文里微妙的联想。我们方才已经提到的那种起伏的喘息，眼下会变成一次名副其实的地震。普宁一边犹如在灯火辉煌的舞台上绘影绘声地模仿表演，尽力追

1 Aleksandr Nikolaevich Ostrovski（1823—1886），俄国剧作家，第一部喜剧《自己人好算账》以讽刺的笔法描写了商人的生活习气、惟利是图、胡作非为和赤裸裸的利己主义。

2 Nikolai Semyonovich Leskov（1831—1895），俄国现实主义作家，著名作品有《左撇子》《主教生活琐记》《兔子隐藏的地方》等小说，也写剧本。

3 Classical Alexandrinka，一八三二年建成，专演古典剧目。

忆他（在一个尽管被历史淘汰却好像格外鲜明的灿烂世界里）度过的一段热情洋溢、对事物敏感的青年时代，一边接连地举出例子，深深陷入自我陶醉的境地，使他的听众有礼貌地揣测那些玩意儿一定是俄罗斯幽默。不大一会儿，笑料对他来说也显得过了头，于是梨形的泪珠便会从他那黧黑的腮帮上淌下来。不光是那排吓人的牙齿，还有一大块粉红色的上牙床，都突然龇了出来，就像一个玩偶匣被揭开盖儿，玩偶突地蹦出来那样。他的手会忽地一下放到嘴边，宽肩膀摇来晃去。尽管他那只挥来挥去的手遮没了话语，使全班学生越发听不明白，可是他彻底沉醉于自己那种欢乐中的劲头，却证实是无法抗拒的。临到他再也控制不住自己的感情时，他就会招得学生们憋不住大笑起来，一阵突然爆发、颇有节奏的狂笑发自查尔斯，一串出人意料的、优美而热情洋溢的笑声使约瑟芬换了容颜，她其实长得并不标致，而长得标致的爱琳则失礼地格格傻笑不已。

这一切并没改变普宁坐错班车这一事实。

我们该怎样来诊断他这个可悲的病例呢？特别应该强调一下的是，普宁完全不是上一世纪那种脾气好的德国腐儒——der zerstreute Professor[1]。恰恰相反，他也许过分谨慎，过分坚持不懈地提防邪恶的陷阱，过分劳神地处处警惕，惟恐周围光怪

1　德文，恍惚不定的教授。

陆离的环境（无法预测的美国）会诱他落入圈套，干出一些荒唐事儿。这个世界恍惚不定，而普宁有责任来整顿这种局面。他一辈子总在跟一些无情的对象交锋，他们一进入他的领域，要么土崩瓦解，要么攻击他，要么不起作用，要么晕头转向，茫然不知所措。他的手笨得出奇，可他却又能一眨眼的工夫就用豆荚做出一个单音符的口哨儿，用一块扁石能在池塘水面上打出跳十次的水漂，用指关节能在墙上映出一只兔子的黑影儿（也是一眨眼就完成的），而且还能表演俄国人从袖口里变出东西来的其他一些平凡的戏法，因此他就认为自己有了一套了不起的手艺。他怀着一种困惑不解而又迷信的喜悦心情溺爱各种小玩意儿。各种电气装置使他着了迷。塑料的东西使他激动万分。他对拉链也称赞不已。但是，一阵风暴半夜里使当地发电站瘫痪后，他那座恪守职责的电钟清晨就会给他胡报时辰。他那副眼镜框子会从正中折断，给他剩下两块镜片，他就会含含糊糊地想把它们连接起来，也许巴望出现自动有机黏合的奇迹来修复吧。绅士顶顶依赖的拉链会在他匆忙而绝望的梦魇时刻，由于他不知怎地用手一弄而松开。

他仍然不知道自己坐错了车。

对普宁来说，英语是个特殊的危险区域。他离开法国到美国来的时候，除了懂得一些像“此外仅余沉默而已”啦，“再也不会”啦，“周末”啦，“人名录”啦等没多大用途的零星词汇，以及一些像“吃”啦，“街道”啦，“自来水笔”啦，

“暴徒”啦，“查尔斯顿”[1]啦，“边际效用”啦等普通字眼，对英语根本一窍不通。于是，他坐下来顽强学习费尼摩尔·库柏[2]、埃德加·爱伦·坡、爱迪生和三十一位美国总统的语言。一九四一年，他学了一年之后就能熟练地运用“如意算盘”和“好咧好咧”这类油腔滑调的词句。到一九四二年，他能在话语中插入“长话短说”这句短语。杜鲁门进入第二任总统职位期间，普宁差不多什么话题都能谈了；可是接下来虽然尽了最大的努力，却似乎停滞不前了，到一九五〇年，他的英语仍然破绽百出。那年秋天，他除去教俄语，还在哈根博士指导下的一个所谓的专题讨论会（《变化缓慢的欧洲：当代大陆文化概论》）上每周做一次学术报告。我们这位朋友的全部讲稿，包括他在外地做的杂七杂八的报告，均由德语系一位年轻教员负责校订。整个过程颇为复杂。普宁教授先把他那充满格言警句的流畅的俄文稿费劲地译成破绽百出的英文稿，然后让年轻的米勒作一番修订，接着由哈根的女秘书爱森保尔小姐用打字机打出来。普宁再把自己看不大明白的段落删去，最后就照本宣读，念给他每周的听众听。要是没有事先准备好的讲稿，他连一丁点办法都没有；他也不会利用上下移动眼珠那套老办法来掩饰自己的缺点，那就是快速看一眼讲稿，记住一连串句子，滔滔不绝地讲给听众听，然后把结尾拖长，再马上扫一眼下面

1　Charleston，一种美国流行舞蹈。

2　James Fenimore Cooper（1789—1851），美国小说家。

的句子。普宁慌里慌张的眼睛肯定会看错行。所以，他宁愿用男中音念讲稿，目光盯牢在那上面，声调既缓慢又单调，就好比在慢慢爬那些给害怕乘电梯的人用的没完没了的楼梯。

那位列车员是个头发灰白、慈祥的老头儿，一副钢丝边眼镜低低地架在他那虽然塌、却管用的鼻子上，大拇指上贴着一块脏了吧唧的橡皮膏，他此刻还剩下三节车厢需查票，然后就来到普宁所乘的最末一节。

这当儿，普宁陷入一种普宁式的特殊不安的心情。他处于一种普宁式的为难境地。每逢到一个陌生的城镇过一夜，他都要带着鞋楦子、苹果、字典这类必不可少的东西，此外还带着他那个格莱斯东式旅行包[1]，里面装着一套比较新的黑礼服，这是他计划当晚给克莱蒙纳女士们做那个报告（《俄国人是共产主义者吗？》）时穿的。其中还装着一份下星期一在专题讨论会上的发言稿（《堂吉诃德和浮士德》），他打算明天在回温代尔的途中再把它看一遍，另有毕业生贝蒂·勃里斯写的一篇论文（《陀思妥耶夫斯基和完形心理学[2]》），这篇论文他得代她的主要精神导师哈根博士审阅一下。他的为难之处在于：如果他把那份要在克莱蒙纳发言的稿子——一叠折得很整齐的打字纸——放在口袋里，贴紧自己温暖的身子就显得牢靠些，可是按照推理他又很可能忘记把它从现在穿的这身上衣里掏出

1 Gladstone bag，一种内部分成大小相等两部分的旅行包。

2 Gestalt Psychology，欧美现代心理学主要派别之一。

来，放进晚上要穿的那套上衣里去。另外，他要是现在把这份讲稿放入旅行包里那套衣服的口袋，他知道自己又会担心箱子被人偷走而惴惴不安。第三方面（这种心理状态总在滋生额外枝节），他眼下穿的那身上衣的内兜儿里装着一只宝贵的皮夹子，其中有两张十美元的钞票，一张我在一九四五年协助他写给《纽约时报》社涉及雅尔塔会议的一封信的剪报，还有他的入籍证书；于是在需要掏出皮夹子的时候，一忙乎确实有可能把那篇折好的讲稿一起带出来而不幸遗失。我们这位朋友在火车上的二十分钟里已经把他的旅行包打开两回，翻弄他的几份稿子了。列车员来到这节车厢时，勤奋的普宁正在费劲地审阅贝蒂那份成果，开头第一句是："当我们考虑大家生活在其间的那种思潮时，我们不得不注意——"

列车员进来了，没把那名士兵叫醒，答应那两位女士到时他会通知她们准备下车，接着冲普宁那张车票直摇头。克莱蒙纳那一站早在两年前就撤销了。

"一次挺重要的演讲啊！"普宁喊道，"怎么办？简直是一场大灾难！"

头发灰白的列车员表情严肃但很舒适地一屁股坐在普宁对面的座位上，一声不响地查阅一本尽是皱角的时间表。几分钟之内，也就是说三点零八分，普宁得在惠特彻奇下车，这就使他可以赶上四点钟那班公共汽车，六点钟左右便可以把他送到克莱蒙纳啦。

“我本来以为可以节省十二分钟，哪晓得现在却白白损失了差不多整整两个钟头，”普宁痛苦地说。他清了清嗓子，没理睬善良的灰发老头儿那句安慰他的话（“你会赶得上的。”），连忙取下那副看书用的眼镜，把他那个石头般重的旅行包整理好，走进车厢末端的通廊里，好在那儿等待车外那叫人无法分辨的葱翠景致匆匆掠过，而他脑子里记牢的那个车站来到眼前。

二

惠特彻奇按时出现了。阳光普照着一片又热又呆板的水泥地，火车在这月台上映出轮廓鲜明的几何图形的黑影。十月里，当地气候却热得跟夏天一样，真叫人难以相信。普宁小心翼翼地走进一间凑凑合合的候车室，屋子当中有个多余的火炉，他四下扫了一眼。在一个偏僻的角落里，有个流着汗的小伙子正坐在宽大的木柜台后面填表格，露出了上半截身子。

"请问，"普宁说，"四点钟去克莱蒙纳那班公共汽车停在哪儿呐？"

"就在马路对面。"那位雇员连头都没抬，轻快地答道。

"哪儿能暂存一下旅行包？"

"就是这个包吗？交给我吧。"

小伙子带着那种一向使普宁感到为难的、不大讲究正规手续的民族性格，把那个旅行包胡乱塞进他那个隐蔽的旮旯里。

"收据呢？"普宁问，把kvitantsiya[1]这个俄语词汇英语化了。

"什么？"

---

1 用拉丁字母转写的俄文，收据。

"号码？"普宁又试问道。

"用不着号码。"那个家伙说，继续写他的字。

普宁离开车站，既然知道公共汽车在哪儿也就心满意足了，于是走进一家咖啡馆。他吃完一份火腿三明治，再要一份，也把它吃得精光。三点五十五分整，普宁付完饭钱，顺手还从柜台旁边一个干净的松果形小杯子里仔细挑了一根免费牙签，就回车站去取他的旅行包。

这时换了另一个人值班。先前那位被叫回家去了，需要赶紧送老婆进产科医院。过几分钟他就会回来的。

"可我得取我的旅行包啊！"普宁喊道。

那位替班的感到抱歉，却爱莫能助。

"就在那儿呐！"普宁一边趴在柜台上用手指着，一边喊道。

太倒霉啦。他还在指着，却发现自己要错了包。他的食指晃来晃去。这种犹豫不决的样儿真要命。

"去克莱蒙纳的汽车就要开啦！"普宁喊道。

"八点钟还有一班，"那人说。

我们这位可怜的朋友怎么办呢？糟糕的处境！他朝街头望去。公共汽车刚刚到站。这次邀请意味着五十元额外收入咧。他的手晃到了右边。包就在那儿呐！slava Bogu[1]（感谢上

1 用拉丁字母转写的俄文。

苍）！得啦！他索性不穿那套黑礼服了——vot i vsyo[1]（就这样呗）。干脆回来时再取它。他这一辈子已经不知道丢失过、撂过、扔过多少更有价值的东西了。于是，普宁精神抖擞地、几乎是轻松愉快地登上了那辆公共汽车。

他踏上这段新的旅程，刚刚路过这个城镇的几条马路，脑子里忽然闪现出一个叫他担心的念头。他跟旅行包分手之后，左食指尖和右肘弯的内侧就一直交替检查上衣内兜里那件宝贵的东西在不在。他猛地把它抽出来。哎呀，原来是贝蒂那篇论文。

普宁发出一声他认为足以表达国际公认的焦急和恳求的惊叫，从座位上东倒西歪地站起来。他摇摇晃晃地走到车门口，司机用一只手厌烦地从银柜里挤出一把硬币，把车票钱还他，然后刹住车。可怜的普宁落脚在一个陌生的城镇中心。

他的身子骨儿并不像他挺胸凸肚所显示的那样强壮，一种由于失望而带来的疲劳，像一股浪潮那样把他头重脚轻的身体淹没了，把他同现实隔离了，这种感觉在他并不新鲜。他发现自己待在一个布局合理而气氛阴沉的公园里，绿油油、紫糊糊、湿漉漉，里面主要种些忧郁的杜鹃花、光溜的月桂花、浓荫密布的大树，还有修剪得很短的草坪；汽车司机方才简短地提醒他穿过那条栗树和栎树夹道的小巷，就能回到火车站去，他刚一转进小巷，那种怪异的感觉，那种同现实隔离的激动，

1 用拉丁字母转写的俄文。

突然把他彻底整垮了。是不是方才吃了什么不干净的东西？泡菜和火腿？是不是犯了他的几位大夫至今都没给他检查出来的一种怪病？我的朋友纳闷，我也纳闷。

我不知道以前是否有人注意到生活当中的一大特点就是离散状态。除非有一层薄薄的肉裹住我们，否则我们就会死亡。人只有摆脱他周围的环境才真正存在。头盖骨跟宇航员那顶头盔一样。待在里面，否则你就会自取灭亡。死亡犹如一种剥夺，死亡犹如一种参与。人和自然景致打成一片，好倒是好，可那样一来，微妙的自我便消失殆尽。可怜的普宁体验到的感觉有点像那种剥夺，像那种参与。他感到虚弱无力。他浑身出汗。他惊恐万分。月桂花丛中的一条石板凳救了他，使他没有瘫倒在人行道上。他别是心脏病发作了？我不信会是，因为眼下我是他的大夫，让我再说一遍，我不信会是。我这位病人是那种独一无二的、不幸的怪物，他们怀着惴惴不安的恐惧、神经质的反感和病态的憎恶看待他们的心脏（按照普宁遗弃的旅行包里面装着的那本《新版韦氏大学词典》所下的令人厌恶的定义：心脏是“一个空洞的肌肉器官”），唉，仿佛心脏是人不得不赖以为生的某种健壮、黏糊糊、不可触摸的怪物。有时候，医生对普宁那种忐忑乱跳的脉搏感到纳闷，便彻底给他检查一遍，心电图标出来的荒唐无稽的山脉图形，说明他犯了十来种互相排斥的致命病症。他害怕摸自己的手腕子。他从来没敢尝试朝左面睡觉，失眠的人夜里往往两面都试过，依然睡不着，真巴不得再有个第三面，即使在这样忧郁的时刻，普宁也从不敢朝左面睡。

眼下，在惠特彻奇公园里，普宁又体验到自己在一九二〇年七月四日、一九二九年五月十八日、一九三七年二月十五日（他的生日）和一九四二年八月十日曾经有过的感受，这种待在他体内的讨厌的自动玩意儿发展得很有自觉性咧，过一阵子就要发作一次，不仅十分活跃，而且折磨他，叫他惊恐不安。他把可怜的秃脑瓜子顶在长凳石靠背上，忆起以往一次次类似的不安和失望的情景。这回莫非是肺炎？前两天，一个刮风的夜晚，他参加一次丰盛的美国式酒会，主人敬过第二巡酒之后，他便感到寒气刺骨。接着普宁突然觉得自己滑回到童年时代去了（别是要死啦？）。想起来的种种细节他觉得都很清楚，据说这种感觉是快淹死的人，尤其是以往俄国海军里快没顶的人，所享有的一种戏剧性特权——一种窒息现象，有一位老资格心理分析学家，名字我给忘了，把这种现象说成就像是人在受洗礼时下意识引起的休克，这种休克使那些介于首次和末次浸礼之间的往事一下子都迸发出来，让人统统想起来了。这一切只发生在一刹那间，可没法用几句话来描述。

铁莫菲·普宁出生在彼得堡一个相当富有的体面家庭里。父亲巴威尔·普宁是位颇有声望的眼科专家，荣幸地给列夫·托尔斯泰治过结膜炎。铁莫菲的母亲是个瘦弱、神经质的女人，纤细的蜂腰，头发卷曲成串，她是那位一度很出名的革命家祖莫夫（恰与“Zoom off”同韵）和一位来自里加[1]的德国女郎所生的女儿。普宁在半昏迷状态中看到母亲的眼睛渐渐挨过来。那是仲冬的一个星期天。他十一岁，上第一高级中学，一直在准备星期一的功课，忽然感到浑身奇冷。母亲连忙给他试试体温，目瞪口呆地瞧着孩子，马上把丈夫的好朋友——儿科大夫别劳什金请来。他是个小个子，长着鼓出来的浓眉，蓄着短胡子和短头发。他把礼服下摆摆舒坦了，坐在铁莫菲的床沿上。大夫那只胖金表和铁莫菲的脉搏便开始了一场赛跑（后者轻而易举获得了胜利），接着，铁莫菲给扒光了衣服，别劳什金把他那冰凉的耳朵和砂纸般的腮帮子贴在他的身上。那只耳朵就像听诊器的平底那样在铁莫菲的背上和胸脯上移来移去，粘牢在这块或那块皮肤上，接着又嗵地移到另一块上面去。大夫刚走，铁莫菲的母亲和一个嘴里叼着安全别针的、体格健壮的保姆就把这个可怜的小病人紧紧裹起来。这套像给犯人或疯子穿的约束衣包括一层浸湿的麻布，一层更厚的脱脂棉和一层紧紧的绒布，此外还有一层魔鬼般的油布——呈发烧时的尿色——裹在那层贴肉而折磨人的冷湿麻布和那层绒布包住的、吱吱响得叫人难受的棉花当中。铁莫沙[2]（铁姆）就像一个可怜的作茧自缚的蛹，躺在床上，上面还盖着几条毯子；然而这一切全都白搭，还是没法抗拒那种从他冰凉的脊椎向两边

1　Riga，拉脱维亚首都。

2　Timosha，铁莫菲的爱称。

扩散潜伸到条条肋骨里去的寒冷。他闭不上眼，因为眼皮也刺痛。幻觉中只见一些讨厌的扁圆圈和斜刺过来的光线；看惯了的东西都变成滋长可厌的错觉的温床。床旁边有一座闪闪发亮的四扇式木屏风，上面烙刻着一条尽是落叶的马道，一个睡莲池塘，一个伛着腰坐在长凳上的老头儿和一只前爪捧着一个红玩意儿的松鼠。铁莫沙，原是个有条有理的孩子，时常纳闷那样东西到底是啥（硬壳果还是松果？），现在反正没别的事可干，不妨就来解一解这个枯燥无味的谜吧，可是发烧烧得脑袋瓜子里嗡嗡直响，叫人痛苦，心神不定，一切努力归于白费。更叫人憋闷的是他跟墙纸发生的一场争斗。他素来看得出花纸垂直面上多次精确地重复一种由三簇不同的紫花和七片不同的栎树叶组成的花样；可眼下他被一件无法不考虑的事实困惑着，他找不出花纸横断面上的花样是怎样排列的，他从床头到衣柜，从火炉到门口这儿那儿的墙上都拣得出花样的个别组成部分，证实其中确实存在一种序列，可是每逢他的视线从任何一组三簇花朵和七片叶子的花样移到右边或左边时，他顿时就迷失在杜鹃花和栎树纠缠成一团的乱七八糟的景象中了。这里面明明有道理在，如果那位邪恶的设计师——使人思路混乱的家伙，热昏了头的朋友——如此诡异心细地把开启这种花样之谜的大门钥匙藏起来，那么，这把钥匙必定同生命本身一样宝贵，一旦找到它就会使铁莫菲·普宁恢复健康，回到他日常的小天地里去；这种清楚的——唉，太清楚的——想法逼得他非把这场争斗坚持下去不可。

有些事情要求准时，就像上课、吃饭或睡觉准确无误得叫人厌烦一样，一种担心不能按时赴约的感觉又给那渐渐叫人陷入昏迷状态的艰难探索增添了着急和不安的成分。树叶和花朵，按照其复杂的图案排列得井然有序，仿佛要从淡蓝色的背景上鼓出来似的，背景也失去纸面的平整而显得鼓鼓囊囊，简直叫那个看它的人随着这种膨胀，心都快蹦出来了。他迷迷糊糊，却还能从独立存在的花饰当中辨认出那间儿童室里的某些部分，比如那扇上漆的屏风啦，一个闪亮的不倒翁啦，床架上的铜球啦，他觉得它们比别的东西更难以消逝，可是它们却显得同栎树叶子和盛开的花朵极不协调，不过比起玻璃窗上映现的屋内某样东西的影像同窗外的景致那种不协调的程度又要小得多。这位幻景的目击者和受害人，虽然盖着被子躺在床上，可是由于他所处环境的双重性，他也觉出自己是坐在一个绿油油、紫糊糊的公园里的一条长凳上。在融合的一刹那，他觉得自己终于找到了那把要找的钥匙，但是，一阵清风从老远飒飒吹来，越吹越紧，吹得那些尚未开花的杜鹃摇摇摆摆，把铁莫菲·普宁周围环境一度构成的任何合理的图样统统打乱了。他还活着，这就够了。他还懒散地靠在长凳靠背上呐，这给他的感觉，就如同自己身上的衣服、那个皮夹子和莫斯科大火的日期——一八一二年——给他的感觉一样真实。

一只灰松鼠舒适地蹲在他面前，正在尝一个桃核。风停了片刻，这时又吹动了树叶。

这种病的发作叫他有点害怕，哆嗦，但他说服自己如果那真是心脏病，他必然会感到更加忐忑不安，于是这种转弯抹角的推理把他的恐惧一扫而光。四点二十分啦。他擤了擤鼻子，趔趔趄趄地向车站走去。

早先那位雇员回来了。“这是您的包，”他高高兴兴地说。“很抱歉让您误了去克莱蒙纳的车。”

“至少”——我们这位倒霉的朋友想给“至少”这个词汇注入多么庄严的讽刺意味啊——“我希望尊夫人平安无事吧？”

“没事儿。我猜想，她得明天才能生呐。”

“哦，”普宁说，“那么，请问公用电话在哪儿？”

那个家伙没有动窝，斜着身子用铅笔朝远处指了一下。普宁拎着旅行包朝那边走去，可又给叫了回来。铅笔这时指向街头。

“嗨，瞧见那边有两个小伙子在装卡车吗？他们正要去克莱蒙纳。跟他们说一声是鲍勃·霍恩叫你去的，他们就会让你搭车。”

三

有些人——我也算在内——不喜欢圆满的结局。我们感到上当受骗。伤害才是准则。厄运不应该给堵住。雪崩滚滚而来，却在抖抖索索的乡镇上方几英尺之处突然停住，这种情况不仅反常，而且不近情理。我要是在阅读有关这个温和的老头儿的事，而不是在描写他，倒宁愿让他到达克莱蒙纳时发现约定演讲的日期其实不是本星期五，而是下星期五。不管怎么说，他确实不但安全抵达，而且还赶上了晚宴——水果鸡尾酒打头，薄荷冻加一道不知什么肉做的荤菜，最后是巧克力汁和香草冰淇淋。紧接着，他又填了不少糖果，然后就换上那身黑礼服，把三份报告耍弄一遍，把它们一块儿塞进上衣口袋，到时候需要哪份都拿得出来（从而以数理必然性挫败任何失误），随后他就在讲坛旁边的一把椅子上坐下来；这当儿裘迪丝·克莱德，一位看不出年龄的金发女郎，身穿水色人造丝衣服，扁平的大腮帮子搽了一层甜甜蜜蜜的胭脂，两只亮晶晶的蓝眼珠在一副无边夹鼻眼镜后面炯炯放光，走上讲坛介绍演讲人：

“今天晚上，”她说，“我们的演讲人——顺便提一下，这是我们第三次星期五晚会；上一次，想必大家都还记得，愉快地听了摩尔教授就中国农业问题讲了他要讲的话。今天晚上，我们请来了，我很荣幸地说，出生于俄国而又是本国公民，普——唷，不大好念——普——尼恩教授。但愿我没念错。他当然无须乎介绍，我们大家都高兴他大驾光临。我们将有一个迢迢长夜，一个漫长而受益良多的夜晚，我相信大家一定希望讲演结束后有时间向他提提问题。顺便提一下，我听人说他父亲是陀思妥耶夫斯基的私人医师，他本人曾在铁幕内外旅行，到过许多地方。所以，我不想再占用大家宝贵的时间，只想再简单说两句我们下星期五计划当中的报告。我相信大家一定会高兴知道，有一件要使我们全体都大为惊讶的事，那就是我们下一次的演讲人是著名诗人和散文作家林达·莱斯弗尔德小姐。大家都晓得她写诗啦，散文啦，一些短篇小说啦。莱斯弗尔德小姐出生在纽约。她的祖先曾在革命战争中分别在南北两方作战。大学还没毕业她就写下了第一首诗。她的许多诗作——起码有三首——收录在《反应，美国女性爱情诗歌一百首》中。一九二二年，她获得一次奖金，是由——”

可是普宁并没在听。前不久发作的那场病泛起的涟漪，夺走了他恍恍惚惚的注意力。这种现象不过持续了几下心跳——最终，几声无害的回响——的工夫，加上这儿那儿几阵抽搐，临到那位高贵的女主人请他发言时，也就在严肃的现实面前消失了。但是就在那一瞬间，多么清晰的幻觉啊！他看到自己的一位出生在波罗的海一带的姨母坐在前排正中间，穿着绣花边的衣服，戴着珍珠项链和金色假发，她当年每次去观看那位了不起的、演技火爆的演员考多托夫的戏时都这样打扮，她对他崇拜得五体投地，近乎疯狂。她身旁坐着他的一位已故情人，羞答答地冲他微笑，歪着她那光溜溜的黑发脑袋，温柔的褐色眼睛在两道天鹅绒似的眉毛下面百般献媚地凝视着普宁，还在用一张节目单扇风。除了像有礼貌地坐到前排位子上去的克莱德小姐那样的许多新朋友之外，还有许许多多被谋杀了的、被遗忘了的、尚未报仇的、正直的、不朽的老朋友，分散在这间昏暗的大厅的四处。一九一九年因为父亲是个自由派人士而在敖德萨[1]被枪毙的万尼亚·贝尼亚什金，坐在后排兴高采烈地向他这位老同学招手致意。巴威尔·普宁大夫和他那心神不定的妻子尽管容貌有点模糊不清，但总的说来还是从他们湮没无闻的消亡当中奇妙地复现出来，在不引人注意的位置上瞧着他们的儿子，一九一二年他俩就曾怀着现在这种消耗生命的激情和骄傲注视他（一个单独站在台上的戴眼镜的男孩）在小学纪念打败拿破仑的晚会上朗诵一首普希金的诗。

短暂的幻觉消逝了。那位退休的历史学教授、《俄罗斯的觉醒》（一九二二年）的作者、年迈的赫林小姐，伛着身子，越过中排一两位听众的脑袋，听完克莱德小姐的讲话，正向她表示敬意，同一时刻，另一位眨眼的老家伙在那位女士背后举起尽是皱纹的双手不出声地鼓掌，以吸引克莱德小姐的视线。

1 Odessa，乌克兰南部港口。

第二章

一

清晨，温代尔学院著名的钟声正在和谐地鸣响。

劳仑斯·格·克莱门茨是温代尔的一名学者，他讲授的惟一受欢迎的课程是手势哲学，他的妻子琼是潘代尔顿三十年代的校友，夫妇俩新近刚跟女儿伊莎贝尔分离，她是她爸爸最好的学生，念到三年级就跟该校一名毕业生结婚了，那个小伙子目前在遥远的西部一个州里干技术活儿。

钟声在银白色的阳光下响得悦耳动听。朝窗户望去，嵌在窗框里的温代尔小城镇的景色——用白漆漆过的房屋，黑黪黪的树枝——就像是小孩用一种缺乏空间深度的简单透视感所绘制的一幅以青灰色山峦为背景的图画；样样东西都蒙着一层漂亮的白霜；一些停着的汽车的光亮处闪闪发光；丁瓦尔小姐的那条身子像小公猪那样圆滚滚的苏格兰种老狗，已经在瓦伦大街和斯贝曼小巷兜了一圈回来；但是，不管邻居多么和蔼可亲，景致多么美，钟声多么变化无穷，也没法使这个季节变得柔和；两个星期后，这个学年经过一段沉思般的歇息就将进入顶顶郁闷的阶段——春季学期，克莱门茨两口子感到沮丧而忧虑，孤零零地住在他们那所通风良好的老宅里，如今这所房子就好像某个减轻了三分之一体重的傻瓜，皮肉松弛，衣服宽肥，在他们周围晃荡。伊莎贝尔毕竟太年轻，太不成熟，他们对她的姻亲也确实不大了解，只在那间租用的大厅里见到过一些经挑选来参加婚礼的宾客，个个长着杏仁饼似的白脸，富于幻想的新娘子没戴眼镜，什么也瞧不见。

校钟在音乐系积极分子罗伯特·特莱伯勒博士的热心关照下，还在美妙的空中鸣响，而且越来越响；劳仑斯，金发碧眼，秃顶，胖得影响健康，正在吃他那顿橘子加柠檬的简朴的早餐，同时在批评那位法语系主任，琼今天晚上就要把他请到家里来跟戈德温大学的恩特威斯尔教授见面。“你究竟为什么，”他斥责道，“要请那个干巴讨厌的家伙，教育界的一根灰泥支柱，布劳伦吉到咱们家来啊？”

“我喜欢安·布劳伦吉嘛，”她说，还连连点头加强她这种肯定和感情。“一只俗不可耐的老猫！”劳仑斯喊道。“一只叫人可怜的老猫，”琼喃喃地说——就在这当儿特莱伯勒博士的钟声停了，电话铃声却又接着在过道里响了起来。

从技术上来讲，叙述者把电话两头的对话巧妙地结合起来的艺术手法，尚远远落后于那种处理古老城镇陋巷里房间对房间或窗户对窗户之间的对话的艺术手法，那种古老的城镇里，水可宝贵得很，驴子受罪，街头贩卖毛毯，还有伊斯兰教寺院的尖塔啦，外国人啦，甜瓜啦，以及清晨荡漾的回声。琼轻快地跨大步赶到那个催人去接的电话机前，拿起话筒说了声“哈罗”（眉毛挑起，眼睛转动），对方是个空洞、沉静的声音；她只听到一阵不拘礼节的、平稳的喘气声，接着那位喘气的人用一种谨慎的外国口音说："请稍等一下。"——这可太荒唐了，他接茬儿喘气，也许还哼啊哈的，甚至于微微叹气，同时伴随着翻小本子窸窸窣窣的声音。

"哈罗！"她又说了一声。

"您是，"那声音小心翼翼地问，"费尔太太吗？"

"不是，"琼说完就挂断了电话。"何况，"她轻松地扭回厨房，又冲她丈夫说，后者正在尝她那块准备自己吃的咸肉，"杰克·考克瑞尔还认为布劳伦吉是一位头等行政管理人员呐，这点你没法否认。"

"谁来的电话？"

"有人找什么福尔或法尔太太。你瞧，你要是存心不听乔治的忠告——"（指他们的家庭医师奥·乔·海姆大夫）

"琼，"劳仑斯吃完那块乳白的咸肉，心情舒坦多了，他说，"琼，亲爱的，你忘了昨天对玛格丽特·赛耶说过你想找个房客吗？"

"哎呀，怎么给忘了，"琼说——电话铃又热情地响了起来。

"很明显，"还是方才那个声音，很自然地接着刚才的话茬儿说，"我错用了通知人的姓名。您是克莱门茨太太吗？"

"对，克莱门茨太太，"琼说。

"我是，呃，"接着出现一个挺怪的"噗"的爆破音，"我在俄语班任教。眼下在图书馆工作半日的费尔太太说——"

"对——赛耶太太，我知道。那么，您想看看那间房吗？"

他想看看。半小时左右就过来瞧瞧，行吗？行，她可以在家中恭候。喀哒一声，她把话筒挂上了。

"这回是谁打来的？"她丈夫一边扭头问，一边用他那长满雀斑的胖手扶着楼梯栏杆，正打算到楼上书房里去寻求宁静。

"一个破裂了的乒乓球。俄国佬。"

"普宁教授，老天爷！"劳仑斯喊道，"'我很了解他：他是枚饰针——'不行，我绝对不允许那个怪物住在我家里。"

他粗暴地嗵嗵爬上楼。她在背后问：

"劳尔[1]，你昨天晚上写完那篇文章了吗？"

"差不多了。"他已经在楼梯拐角那儿转弯了——她听见他的手在楼梯栏杆上蹭出来的吱吱声，接着又是一阵捶打声。"今天就得把它完成。首先我还得准备那个该死的 EOS[2] 测验。"

EOS 是指他讲授的那门最了不起的课程——"意识的演变"（十二名学生选修了这门课，可是连一位冷漠的信徒也没有），开场和结尾都是这句注定早晚有一天会被人滥加引用的词儿：意识的演变，从某种意义上来说，就是胡闹的演变。

---

1 Lore，劳仑斯的昵称。

2 Evolution of Sense 三词的首字母。

二

半小时后，琼朝几盆放在日光室[1]的窗户格扇里受阳光照晒、发蔫的仙人掌扫了一眼，看到邻居漂亮的砖房大门前有一个身穿雨衣、没戴帽子、脑袋瓜子铜球般锃亮的男人乐呵呵地在按铃。那条苏格兰种老狗在他身旁，样儿跟他一样老实。丁瓦尔小姐手里拿着拖把走出来，先把那条慢性子而气派轩昂的狗叫进屋去，然后把隔墙克莱门茨的住处指给普宁看。

铁莫菲·普宁在起居室里安顿下来，两条腿 po amerikanski[2]（照美国人那种方式）搭起来，开始说些无关紧要的细节。简单扼要地报了报履历。一八九八年生于圣彼得堡。一九一七年双亲皆死于斑疹伤寒。一九一八年来到基辅。参加白军五个月，先充当“野战电话接线员”，后调至军事情报处。一九一九年从红军入侵的克里米亚逃到君士坦丁堡。大学结业于……

“唷，那一年我还是个孩子，也正巧在那儿，”高兴的琼插嘴说，“我爹奉政府委派到土耳其去办一件公事，把我们一块儿带去了。咱们没准儿见过面咧！我还记得土耳其话水是怎么

1 sun-porch，玻璃窗户很多的晒日光用的房间。

2 用拉丁字母转写的俄文。

说的呢。还有一个玫瑰园……”

“土耳其话水是‘苏’,”普宁顺口说道，他肯定是一位语言学家，接着他又开报自己那段迷人的经历：大学结业在布拉格，与各个科学机关都有联系。随后——“嗯，长话短说：一九二五年起住在巴黎，在希特勒发动战争的初期离开了法国。就来到这里，成了美国公民。眼下在温代尔学院教俄语这类课程。有关情况可向德语系哈根主任那儿了解，或者向学院单身教师宿舍打听也可以。”

他在那边住得不舒适吗？

“人太杂,”普宁说,“爱打听别人闲事的人太多。而现在对我来说最需要的是不受干扰，清静独处。”他用拳头堵住嘴咳了一声，发出一种出奇的瓮音（不知怎地叫琼想起自己遇见过的一位名叫堂·哥萨克的职业演员），接着他干脆声明：“我得预先说明：我的牙得统统拔掉。一种挺讨厌的手术。”

“好吧，请上楼看一看,”琼欢欢喜喜地说。

普宁仔细察看伊莎贝尔那间镶白边的粉红墙卧室。虽然天色纯白，却突然下雪了，慢慢飘下来的雪花在那面没人使用的穿衣镜上映出闪闪亮光。普宁有条不紊地审阅了床上那本霍克的《姑娘和一只猫咪》，以及书架顶上那本亨特的《落后了的孩子》。然后，他在窗户旁边用手试试温度。

“始终保持恒温吗？”

琼朝暖气片奔过去。

"滚烫的，"她声明道。

"我是问——空气流通吗？"

"嗯，非常流通。这儿是洗澡间——小一点，不过全归您一人使用。"

"没有淋浴设备吗？"普宁一边抬头看，一边问。"也许这样更好。我的朋友，哥伦比亚大学的沙多教授，有一次洗澡滑倒，不幸把一条腿摔断了两处。现在我得考虑考虑。您打算收多少房租呢？我这样问，是因为我付的钱不会超过一块钱一天——当然不包括山（膳）费。"

"行，"琼爽朗一笑，高兴地说。

当天下午，普宁的一位学生查尔斯·麦克白斯（普宁常说，"根据他的作文来判断，这人必是个疯子。"）热情地用一辆左边没挡泥板、病歪歪的青紫色汽车把普宁的全部家当都运来了。普宁提前在一家新开张而买卖并不兴隆、字号为"鸡蛋和咱们"的小饭馆里吃了中饭，他经常照顾这家饭馆，纯属怜悯它的失败，然后我们这位朋友便开始带着认真而愉快的心情布置新居，使之普宁化。伊莎贝尔青年时代的痕迹已经随她而去，如若不然，也被她母亲根除了，可是儿童时代的遗迹却不知怎地依然给保存了下来。普宁为了安置好自己的东西：一盏精巧的太阳灯啦，一台用玻璃胶纸粘牢的、破盒装着的、个儿挺大的俄文打字机啦，五双顶着鞋楦子的、漂亮而奇小的皮鞋啦，一个比去年炸了的那个要差得多的、连磨带煮的咖啡壶啦，两个夜夜进行同样比赛的闹钟啦，以及七十四部大都是温代尔学院图书馆收藏的、装订得挺结实的俄文期刊合订本，他先周到地把屋里原来的一些东西放逐到楼梯过道里的一把椅子上，这包括六本被遗弃的书，诸如《家庭养鸟》《在荷兰度过的欢乐日子》和《我的启蒙辞典》（“内附六百多幅描绘动物、人体、农场、火焰等方面的插图——均经科学性选择”），另外还有一个孤零零的串孔的木念珠。

琼老爱说“叫人可怜”这个字眼，未免用得太滥了点，这当儿又说她想请那位叫人可怜的学者下楼来跟他们的客人一块儿喝杯酒，她丈夫答道他本人也是一位叫人可怜的学者，设若她非那样干不可，那他本人只好出门去看电影。但是，琼上楼去邀请普宁，他却谢绝了，很简单地说他决计不再喝酒。九点钟左右，三对夫妇和恩特威斯尔莅临，到了十点钟，这个小小的聚会达到了高潮，琼正跟漂亮的格雯·考克瑞尔聊天，忽然发现普宁穿着绿毛线衫，站在那扇通往楼梯脚的门外，手里高举一个平底无脚酒杯让她看。她连忙奔过去——这当儿她丈夫差点儿跟她撞个满怀，因为他也正匆匆走过去叫英语系主任杰克·考克瑞尔别再表演了，杰克背朝普宁，正在用他那著名的表演逗哈根太太和布劳伦吉太太乐呢——校园里有许多人背地里模仿普宁那副模样儿，杰克是学得惟妙惟肖的几位人士之一。他所模仿的原型人物这时在跟琼说话：“澡房里的这个杯子不干净，还有别的不顺心的事。地板透风，墙也透风……”

哈根博士，一个和颜悦色、长方脸的老头儿，也发现了普宁，便高高兴兴地跟他打招呼。不大一会儿工夫，普宁那个平底杯子就给换成了一杯威士忌苏打，他也经人介绍给了恩特威斯尔教授。

"Zdrastvuyte kak pozhivaete horosho spasibo[1]。"恩特威斯尔精彩地学说了一连串俄语——真格的，他倒有点像一位神情和蔼、穿着便服的沙皇时代的上校。"有一天晚上，我在巴黎，"他接着说，一边眨巴着眼睛，"在那家有歌舞表演的'乌果乐克'[2]餐馆里也这样叽里咕噜说了一通，叫一群寻欢作乐的俄国人当真以为我也是他们伪装成美国人的同胞咧，你们不知道吧。"

"不出两三年，"普宁有一搭没一搭地插嘴说，"人家也会把我当作美国人啦。"除了布劳伦吉教授，大家都哈哈大笑。

"我们会在澡房里给您加个电炉，"琼一边递给普宁一些橄榄果，一边私下里跟他说。

"炉子怎么样？"普宁猜疑地问。

"等着瞧吧。还有什么不满意吗？"

"还有——声音的干扰，"普宁说，"楼底下什么声音我都听得一清二楚，不过现在讨论这个问题，我想，不大合适吧。"

---

1 用拉丁字母转写的俄文，您好，过得怎么样，好，谢谢。

2 Ougolok，用拉丁字母转写的俄文，旮旯。

三

客人开始散了。普宁拿着一个干净杯子，疲累地爬上楼梯。恩特威斯尔和他的主人是最后两个走到门廊那儿去的人。茫茫黑夜，湿漉漉的雪花还在空中飞舞。

“真遗憾，”恩特威斯尔教授说，“我们没能说服您来戈德温永久任教。我们有施瓦兹和老克莱特斯，他们都是您最钦佩的人。我们那儿还有一个天然湖。真是样样具备。甚至教员队伍里也有一位普宁教授哩。”

“我知道，我知道，”克莱门茨说，“可是这些连续不断的对我的邀请未免来得太迟了。我打算不久就退休啦，在这之前我倒宁愿留在这个发霉而熟悉的洞穴里。您觉得，”他压低嗓门，“布劳伦吉先生怎么样？”

“噢，他给我的印象是个挺好的人。不过在某些方面嘛，我又得说他叫我想起那位传奇式的人物，那位法文系主任，竟然以为夏多布里昂是位出名的厨师长哩。”

“小心，”克莱门茨说，“这还是头一次有人这样讲布劳伦吉呐，而且说得一点也没错。”

四

翌日清晨，英勇的普宁步行进城，按欧洲人那种派头甩动一根拐棍儿（一上一下，一上一下），尽量以哲人的态度注视周围各种事物，心里想象经过那场磨难之后再看到它们不知会有什么感受，并且回想起这些事物又曾给过他什么感受。两个钟头之后，他拖着沉重的步子转回来，用拐棍儿支撑着身子，茫然若失。嘴里经过那一阵可憎的折磨，至今还在发麻，但是正有解冻的迹象，一股暖流渐渐取代了冰冷和呆板的麻木，使他觉得疼痛了。后来一连多日，他都在痛惜丧失了自己亲密器官的一部分。他发现他过去那么钟爱自己的牙齿，连自己也感到奇怪。以往舌头就像一只又肥又滑溜的海豹，常常在熟悉的礁石当中欢快地扑腾，察看着一个破旧但还安全的王国内部，从洞穴跳到小海岬，攀上这个锯齿峰，挨紧那个凹口，又在那个旧裂缝里找到一丝甜海草；而现在所有界标全都荡然无存，只剩下一个又黑又大的伤疤，一个牙床的未知领域，恐惧和厌恶又叫人不敢去探察它。把那副假牙一塞进嘴里，就好像一个可怜的化石骷髅被装上了一个完全陌生的人笑嘻嘻的上下颚。

按原计划，没有他的课，米勒给他准备的学生测验他也没去监考。十天过去了——他突然开始欣赏起嘴里那副新玩意儿来。真乃一桩叫人意想不到的事，一种旭日东升的景象，一嘴美国制的瓷瓷实实、雪白光滑、有效而人道的玩意儿。夜间，他把这件宝贝放在一个盛着特殊溶液的专用玻璃杯里，它就在里面自顾自微笑，颜色粉红，颗颗似珍珠，完美得就像某种可爱的深海植物标本。十多年来，他一直在痴想完成一部关于古俄罗斯的伟大著作，一种想把民谣、诗歌、社会史和 petite histoire[1] 绝妙地掺和在一起的大杂烩，现在头不疼了，这梦想似乎终于可以实现了。嘴里这个崭新、半透明的塑料圆形剧场也仿佛暗指一个舞台，一场戏就要开锣了。春季学期一开始，他的全班学生就不免会发现这种显著的变化，因为某一位学生在把那位脸色红润的老奥利弗·布雷兹特里特·曼教授编的《初级俄语》里的一些像"孩子在跟他的保姆和叔叔一块儿玩"这类的句子翻译成英语时（其实此书从头到尾都是两位无行的文丐约翰和奥尔加·克罗基编写的，如今两人均已亡故），普宁教授便坐在那儿，用一支铅笔的橡皮头卖弄地轻轻敲打他那整整齐齐、整齐得过分的门牙和犬牙。另有一天晚上，他把正匆匆退至自己书房里去的劳仑斯·克莱门茨拦住，一边结结巴巴地赞叹，一边演示给他看那副美观的玩意儿，拿出来放进去都很方便，最后力劝惊讶而并非不友好的劳仑斯明天头一件事就是赶快去把他的一嘴牙也统统拔掉。

---

1 法文，稗史。

“那样一来，你就会变成跟我一样焕然一新的人啦。”普宁大声说。

应该说劳仑斯和琼没过多久就由于普宁那种独一无二的价值而对他表示欣赏了，与其说他是个房客，毋宁说他是个调皮鬼。他把那个新电炉捣鼓坏了，修都没法修，可他只哀叹一声没关系，反正不久春天就要来了。他喜欢站在楼梯口使劲刷他的衣服，刷子碰到纽扣就丁当作响，每个该死的早晨他都在那儿至少刷上五分钟，真叫人讨厌。他还热中于跟琼的那个洗衣机捣鬼。虽然不许他挨近它，可他还是一而再、再而三地明知故犯，当场被人抓住。他会不顾一切礼仪和谨慎，碰到手里有什么就往里塞什么，手绢啦，厨房里的抹布啦，一堆从他屋里偷运下来的短裤衩和衬衫啦，只是为了朝那个小窗口张望，看衣物在里面像几只海豚似的，没完没了地趔趔趄趄翻斤斗，觉得有趣儿罢了。有一个星期天，他先四下里察看一下，发现没有一个人影儿，便纯粹为了一种科学上的好奇，忍不住要把一双沾满泥巴和绿叶汁的橡胶底帆布鞋塞进那台庞大的机器里玩一玩；那双鞋在里面折腾一番，就像一支军队踏过一座桥那样发出一阵不谐和的轰隆轰隆声，出来的时候鞋底不见了。琼从餐具室后面那间小客厅里走出来，哀叹一声，“铁莫菲，你又在捣鬼！”但是她原谅了他，她还喜欢跟他一块儿坐在厨房里那张桌子旁砸核桃或者喝喝茶。戴丝德蒙纳，一位干临时活儿的年老的黑女仆，每星期五来一次，有一阵子上帝天天跟她聊天（“‘戴丝德蒙纳，’上帝会对我说，‘那个名叫乔治的家伙可不是个好东西！’”），她碰巧瞥见普宁只穿着短裤衩，戴着黑眼镜，躺在他那盏太阳灯神秘的淡紫色光线下照晒，宽胸脯上有一串希腊东正教的十字架挂链，从此她就认定他是一位圣徒。有一天，劳伦斯上楼去他的书房，一间由阁楼小屋巧妙地改建成的神圣不可侵犯的秘密巢穴，发现里面亮着柔和的灯光，肥脖颈的普宁仗两条瘦腿支撑着，正在一个旮旯里沉静地浏览书刊，这位文雅的入侵者扭过头来，从斜溜的肩膀较高的那一边瞧着他，嘴里说："对不起，我只是随便看看罢了。"（他的英语正以惊人的速度提高）劳伦斯对这事挺恼火；可是，不知怎地就在当天下午，两人偶然谈起一位卓越的作家，对一个想法有一个共同的默契，一次冒险的远航在地平线那儿被发现了，这就不知不觉地导致两人心灵相会，志同道合了，他俩也确实只在温暖的学术圈子里才感到舒畅自在。人间有稳健实在的人，也有缺乏理智而糊里糊涂的人，克莱门茨和普宁属于后一种人。从此以后，他俩在各个门槛那儿，在过道里，在楼梯上（先彼此错过，又扭转身来）相遇而停下脚步时，或者在一间按普宁的话来说，当时对他俩只能算一个 espace meublé[1] 的房间里来回踱步时，都会闲谈，计划点事儿。没多久就显出铁莫菲是一部俄罗斯人耸肩握手方式的真正百科全书，他把它们

---

1 法文，带家具的空间。

都归了类，列了表，使得劳仑斯在他所搜集的附插图或不附插图的哲理阐释、民族或环境手势的资料方面又可增加点新鲜玩意儿。看他俩在讨论一个传说或者一种宗教，真叫有趣。铁莫菲一边瓮声瓮气地说话，一边花里胡哨地比划手势，劳仑斯则用一只手劈将过来。劳仑斯甚至把铁莫菲的手势视为俄国人那种“手腕学”的实质，并以此拍了一部电影，只见普宁身穿短袖衬衫，嘴边挂着谜样的微笑[1]，把一些与手有关的俄语动词，像 mahnut’啦，vsplesnut’啦，razvesti 啦，都比划出来——mahnut’是因嫌弃而向下挥挥手，vsplesnut’是因忧伤而双手戏剧性地拍一拍，razvesti 则是那种分离式动作：两手敞开表明毫无办法的消极姿态。最后，普宁还以国际上共有的“晃指”动作，慢慢示范手腕怎样像击剑那样微妙地晃动半个圈儿，就把俄国人指天的庄严姿态：“最高审判者在盯着你呐！”一变而为德国人用手杖指天的形象：“老天爷在罚你呐！”“但是，”客观的普宁又说道，“俄罗斯管思想的警察也能挺利索地把人的骨头打断。”

普宁把这部电影放给一群学生看，同时先为自己在电影里那身“不登大雅之堂的装束”向大家表示歉意——于是，贝蒂·勃里斯，普宁协助哈根博士辅导的那位攻读比较文学的研究生，宣称铁莫菲·巴夫洛维奇简直跟她在亚洲系看过的一部

---

1 指意大利著名画家列奥纳多·达·芬奇那幅名画《蒙娜丽莎》中那个女人的谜样的微笑。

东方电影里的菩萨一模一样。这位芳华二十九岁上下的胖姑娘贝蒂·勃里斯，是普宁老皮老肉上的一根软刺。十年前，她追过一个情人，可他把她当成一个婊子那样甩掉了，后来她又拖拖拉拉地跟一个瘸子闹过一阵子恋爱，那场恋爱与其说是陀思妥耶夫斯基式的，毋宁说是契诃夫式的，既复杂而又没指望，那瘸子现在跟一个身份低微的美人，他的保姆，结婚了。可怜的普宁犹豫不定。结婚这档子事在原则上并不被排除。他在安上新牙那段得意的时期，有一次出席讨论会，会后别人都散了，他俩坐着讨论屠格涅夫的散文诗《蔷薇花，多么美，多么新鲜》[1]，他竟然把她的手握在自己手心里，还轻轻拍着。贝蒂简直没法把那首诗念完，胸中迸出连连叹息声，那只被握住的手微微发颤。"屠格涅夫，"普宁把那只手放回到书桌上去，接着说，"听从那个长得丑陋而他却崇拜的女歌星波林·维亚尔多[2]的支使，扮演字谜游戏和 tableaux vivants[3]里的白痴；另外，普希金夫人说：'普希金，你的诗把我搅得厌烦死了。'——还有人到了老年——光想想这点就够了！——巨人，巨人托尔斯泰的妻子居然会喜欢一个红鼻头、鱼（愚）蠢的音月（乐）

---

1 *How fair, how fresh were the roses*，屠格涅夫一八七九年九月写的一首散文诗。

2 Pauline Viardot（1821—1910），西班牙著名的女中音歌手，长住法国，经常在欧洲各大城市演出。一八四三年在彼得堡，屠格涅夫追求过她。后来，屠格涅夫寓居巴黎时，经常是维亚尔多家中的座上客，成为她亲密的朋友。

3 法文，活人画，由活人扮演的静态画面。

家，远远胜过喜欢托翁咧！”

普宁挑不出勃里斯小姐有什么毛病。他一边尽力想象自己那副沉着的龙钟老态，一边却还相当清晰地看到她给他拿来那条乘车时盖在腿上的毛毯，或者给他的自来水笔灌墨水。他喜欢她——可是他的心却属于另外一个女人。

正如普宁所说，口袋里藏不住猫。我这位可怜的朋友在这个学期里，有一天夜里突然收到一封电报，然后就在自己屋子里来回走溜儿，至少踱了四十分钟的步，为了说清楚他这种失魂落魄的兴奋劲儿，这儿应该声明一下：普宁并非一向孑然一身。克莱门茨夫妇此时正在楼下暖烘烘的火炉旁边下中国象棋，普宁突然噔噔噔地从楼梯上奔下来，一出溜差点儿像某个冤案甚多的古城里的一名求饶人那样摔倒在地，但是他马上站稳了脚跟——只撞了一下火钳夹子。

“我是来通知一声，”他喘咻咻地说，“说得更准确些，是来请问你们，有位女士可不可以在星期六来看望我——当然是在大白天。她是我的前妻，现在是丽莎·温德大夫——你们也许听说过她在精神病学界的大名吧。”

五

人间有一些可爱的女人，她们那碰巧又明亮又有模样的眼睛，并不是在刹那间、也不是在羞答答的一瞥时马上就叫我们动心，而是在这位无情的人儿不在场，而神奇的魅力依然存在，灼灼的目光始终在暗中储存着，从而日积月累迸发出一阵炽烈的光芒，才叫我们动了心。不管丽莎·普宁，如今是丽莎·温德，那双眼睛是怎么样的，只要你冥思一想，它们就好像露出本质，宝石般水亮，然后茫然地闪着蓝晶晶、水汪汪的光芒凝视着你，仿佛阳光和海水泼溅在你自己的眼眶里似的。她的眼睛是透明的淡蓝色，衬托着黑睫毛和粉红眼角，两边还微微翘起，几道微细的皱纹不太显眼地扇形般展开。亮脑门上长着一头深棕色头发，肤色白里透红，嘴唇上搽着淡淡的口红，除了脚踝和手腕稍胖一点之外，她那种丰满、活泼、天然、并不过分修饰的美态是无疵可寻的。

当时，普宁是个年轻有为的学者，她是条比现在更水亮的美人鱼，性格上却几乎跟现在没什么两样，一九二五年前后，他俩在巴黎相遇。他蓄着稀稀拉拉的茶褐色胡子（眼下要是不刮就会滋出猪鬃似的白胡子茬儿——可怜的普宁，可怜患白化病的豪猪啊！），那两撇苦行僧式的唇髭上面长着一个光溜溜的胖鼻子和两只天真的眼睛，活脱儿是个老派的俄罗斯知识分子体形上的完美代表。他在绿绿街阿克萨考夫研究所有个小差事，还在格莱赛街索尔·巴格罗夫开设的一家俄文书店里兼差，就以此为生。丽莎·包果列波夫是一个医学院学生，刚满二十岁，穿着她那件黑色短丝上衣和裁缝做的裙子，显得十分标致，她已经在摩顿疗养院工作，院长就是那位卓越而令人生畏的老太太萝赛塔·斯通大夫，当今最具摧毁性的精神病学家之一；除此之外，丽莎还写诗——主要是用那种吞吞吐吐的抑抑扬格写；说真的，普宁就是在一些青年流亡诗人举办的文学晚会上头一次跟她相遇的，他们都是在苍白的、没有欢乐的青年时期就离开了俄国，如今朗诵一些怀念故乡的挽诗来敬献给一个国家，这个国家对他们来说可比一件糟糕的流行玩具，一样从阁楼里找到的小摆设，一个水晶球更有点意义，那个水晶球只要你一摇晃就会在里面下一阵亮晶晶的小雪，落在硬纸壳做的一棵小枞树和一个小房子上。普宁给她写了一封情意绵绵的信——如今作为私人收藏被妥善保存——她流着自怜的眼泪看完它，那当儿她刚从一场服毒自杀中被抢救过来，原因是跟一位文人发生了一段相当愚蠢的恋爱，那人现在是——嗯，这儿就不必提他了。她的密友，五位化验员，都说："普宁嘛——好好，立刻就会有个娃娃呱呱落地。"

结婚几乎没有改变他们的生活方式，惟一不同的是，她搬进了普宁那个肮脏的公寓。他继续搞他的斯拉夫语研究，她呢，接着干她那种心理剧实验[1]，还有产卵似的写诗，她的诗篇就跟复活节的彩蛋似的，弄得到处都是，而且在那些描绘她要生的孩子、她想有的情人，以及圣彼得堡（无非是抄袭安娜·阿赫玛托娃[2]的作品）的花红柳绿的诗作中，每个语调，每个意象，每个隐喻都早已让其他作诗的家伙用过了。在捧她的人当中有一位银行家是个直爽的艺术赞助人，他在那些流亡巴黎的俄国人里挑选了一位很有影响的文学评论家佐尔契科·乌兰斯基，请他在"乌果乐克"餐馆吃了一顿备有香槟的美宴，叫那个老小子在他专为一份俄文报纸撰写的下一期专栏里好好捧捧丽莎的诗才，佐尔契科就从容不迫地把阿赫玛托娃那顶桂冠戴在丽莎长着栗色鬈发的脑袋上了，丽莎高兴得淌下热泪——简直就跟当选的"密歇根小姐"或者"俄勒冈玫瑰皇后"一样。不知内情的普宁把那段无耻吹捧的文章剪下来，折叠好夹在自己那本正正经经的笔记本里，时常拿出来天真地念几段给这位或那位感兴趣的朋友听，一直到后来那张剪报都给揉得又皱又脏才作罢。他对那些更严重的事情也毫不知情，一九三八年十二月里的一天，他把那篇残缺不全的评论文章贴在一本剪贴簿子里的时候，丽莎忽然从默顿打来电话说她将和一个了解她的"有机的自我"的男人到蒙彼利埃去，那人是埃

1　Psychodramatics，一种根据精神病人生活中实际问题编成的即兴剧，由本人和有关人物参演，从而使病人得到治疗。

2　Anna Akhmatova（1889—1966），俄罗斯象征派女诗人，从一九一二年开始在彼得堡发表诗作，早期的"室内诗"仿效者甚多。

里克·温德大夫，因此她不再回到铁莫菲身边来了。一个不认识的红头发法国女人前来把丽莎的东西取走了，还对他说，这下可好啦，你这个地窖里的耗子，往后不会再有任何可怜的妞儿 taper dessus[1] 啦——一两个月过后，温德寄来一封略表同情和歉意的德语信，向 lieber Herr Pnin[2] 保证：他，温德大夫，渴望同“那个走出你的生活圈子而进入我的生活圈子的女人”结婚。普宁当然会同意跟她离婚，就跟把他的生命奉献给她一样心甘情愿，同时还献上一些剪下来的湿漉漉的花枝，搭配着一点绿叶，还干脆利落地包扎好，就像在阴雨连绵使镜子发灰变绿的复活节期间泥土味儿很浓的花店里做的那样。但是，温德大夫原来在南美已经有个老婆，她为人居心叵测，护照也是假的，在她自己的某些计划尚无眉目之前，不愿受到干扰。这期间，新世界也正在召唤普宁，他的一位好朋友康斯坦丁·沙多教授愿意从纽约向他提供一切移居美国的帮助。普宁把他的计划通知了温德大夫，还给丽莎寄去流亡者办的一种杂志的最近一期，因为第二〇二页上提到了她的大名。凡是持有欧洲官僚主义老爷发给（俄国流亡者类似假释证那样的）南森护照[3]的人，在申请离境时必然要遇到那帮老爷设置的种种障碍，就像得通过阴森森的地狱一般（这倒使苏联官方大为高兴），普宁

1 法文，踩你。

2 德文，亲爱的普宁先生。

3 Nansen Passport，国际联盟（1920—1946）发给无国籍人士的护照。

已经走通了地狱的一半，忽然在一九四〇年四月一个潮阴阴的日子里，他的大门铃声大作，丽莎拖着疲惫的脚步，挺着一个小橱柜似的七个月身孕的大肚子，走了进来，累得直喘气，她一边摘掉帽子，踢掉鞋子，一边声称全都铸成大错，从今以后她仍旧是普宁的忠实而合法的老婆，无论他到哪儿去——即使漂洋过海，她也准备追随他到底。那一阵子，大概是普宁有生以来最幸福——一种持久的沉重而痛苦的幸福激情——的日子啦，于是他就加快步伐办理签证，准备行装，一位又聋又哑的大夫给他进行体格检查，用一个装装样儿的听诊器放在普宁好几件衣服上面听听他那跳得很不匀称的心脏，那个在美国领事馆工作的好心肠的俄国太太（我的一个亲戚）提供了很大的帮助，再加上到波尔多去的一段旅程，搭上那艘又漂亮又干净的远洋轮船——这一切都带有丰富的神话色彩。他不仅准备等孩子一生下来就作为自己的孩子来抚养，而且确实一心一意地巴望着那样做，丽莎带着满意、不知怎的又有点像母牛那样的表情听他讲解今后对孩子的教育计划，因为他好像当真已经听见婴儿哇哇的哭声和不久就会说出来的头一句话。她素来爱吃糖衣杏仁，现在她可消耗掉惊人的数量（从巴黎到波尔多，一路上吃了两磅），苦行僧式的普宁，晃晃脑袋，耸耸肩膀，喜悦而敬畏地瞧着她狼吞虎咽地贪吃；那些 dragées[1] 丝一样滑溜

1　法文，糖衣杏仁。

的外衣，同她那绷得挺紧的皮肤、她的肤色和她那没有缝隙的牙齿永远印在他的脑子里了。

叫人多少有点失望的是，她一上船，朝滔滔大海瞥了一眼，说声“Nu, eto izvinite（没事可干）”，就立刻隐退到船舱里去了，在横跨大西洋的那段行程中，她绝大部分时间都平躺在床上。同一卧舱里还有三位说话简洁的波兰人的三位碎嘴的老婆，那三个波兰人——一名摔跤手，一个花匠，一位理发师——又是普宁那间卧舱里的伙伴。第三天夜里，丽莎早已睡下，普宁独自闲坐在休息室里，这当儿一位前法兰克福报纸编辑——一个身穿套头高领毛衣和灯笼裤、囊眼泡、神情忧郁的长者，建议跟他下盘棋，他愉快地接受了。两人都不是下棋的好手，可又喜欢算得不准就大胆弃子，急赤白脸地想赢得胜利；对局时又被普宁那一嘴怪腔怪调的德语搞得挺活跃（“Wenn Sie so, dann ich so, und Pferd fliegt。”[1]）。没多久就凑过来另外一位旅客，说声 entschuldigen Sie[2]，他可以一旁观战吗？接着就在他们身旁坐下。他长着一头剪短的红头发和两道又长又淡、活像囊鱼的睫毛，身穿一件褴褛的双排扣上衣。不出一会儿，每当那位长者经过一番庄严的思考，犹豫不决地走了一步劣着，他就轻叫一声，摇摇脑袋。最后，这位明明是专家且大有帮助的观战者，便不由自主地把他的同胞刚移动的一个卒子

1 德文，您这么走，我就这么走，然后就飞马。

2 德文，对不起。

推回来，用颤巍巍的中指指着车——法兰克福老头儿已经把它横冲直撞地闯入普宁防御的胳肢窝下。我们的朋友当然输了，他正要离开休息室，那位专家赶上前来，说声 entschuldigen Sie，他可不可以跟 Herr Pnin[1] 说会儿话？（“您瞧，我连您的大名都知道，”他举起他那个很有用的中指，附加说明）——他提议两人一块儿到酒吧那儿去喝杯啤酒。普宁同意了，大酒杯子放在他俩面前时，这位彬彬有礼的陌生人又接着说：“生活就像下棋，分析一下一个人的动机和目的是大有好处的。上船那天，我像个顽皮的孩子。可是第二天早晨，我就开始害怕一位精明的丈夫——这绝不是恭维，而是经过深思熟虑后得出的假定——迟早会察看旅客的名单。今天，我的良心已经在审问我，判定我有罪。我不能容忍这种欺骗行为再继续下去了。祝您健康。咦，这根本不是我们德国甘美的饮料，不过总比可口可乐强一点。鄙人是埃里克·温德大夫；这个名字想必您并不陌生吧。”

普宁愣在那儿，颜面抽搐，一只手掌依然搁在湿吧台上，开始磨磨蹭蹭地从他那个不舒服的圆高凳上往下出溜，温德却用五只敏感的长手指头揪住他的衣袖。

“Lasse mich, lasse mich。[2]”普宁一边嚎叫，一边想挣脱那只哀求的软绵绵的手。

1　德文，普宁先生。

2　德文，放开我，放开我。

“别这样！”温德说，“放公正些嘛。罪人一向有最后要说的话；这是他的权利。连纳粹都承认这一点。首先——我想请您允许我替那位女士起码付一半旅费。”

“Ach nein, nein, nein,[1]”普宁说，“结束这场噩梦似的谈话(diese koschmarische Sprache[2]) 吧。”

“随您的便，”温德大夫说，接着又给钉在那里一动不动的普宁着重指出下列几点：这全是丽莎想出的花招——“为了我们（这个“我们”听起来好像三个人都有份）的孩子，您知道，让事情简单一点罢了。”丽莎应该被当作病得很厉害的女人看待（怀孕的确可以被视为一种找死的事儿）；他（温德大夫）在美国会跟她结婚的——“我也去那儿。”温德大夫为了讲明情况又添了这一句；再说，至少该让他（温德大夫）付啤酒钱。从那时起一直到这次由兴高采烈一变而为灰溜溜的旅程结尾，普宁显然一头钻进了他那本英语手册，对待丽莎虽然一如既往的温柔，却尽量少跟她碰头，以免勾起她的疑心。温德大夫时不时会不晓得从哪儿钻出来，从老远就跟他打招呼，打出叫他放心的手势。最后，那座伟大的铜像[3]从朦胧雾霭中升起，一些颜色暗淡、恍恍惚惚的高楼大厦矗立在那边，准备接受炽烈的阳光照晒，它们就像您在那种标示（自然资源，不同

---

1 德文，噢，不不不。

2 德文。

3 自由女神像。

沙漠里出现海市蜃楼的次数的）百分比例图表上所见到的一个个高矮不齐的神妙的矩形体，这当儿温德大夫果断地走近普宁夫妇，摆明自己的身份——“因为咱们仨都应该带着纯洁的心灵进入这片自由的大地。”随后在埃利斯岛上逗留了一段平淡乏味的时光后，铁莫菲便和丽莎分手了。

事情尽管复杂，温德最后还是跟她结了婚。普宁最初在美国度过的五个年头里，有时在纽约某些场合中偶尔瞥见过她一眼；他和温德夫妇同一天入了美国籍；一九四五年，他移居到温代尔，此后六年当中就没再见到她，也没通过信，不过他时不时还听到她一星半点的消息。他的朋友沙多最近（一九五一年十二月）寄给他一期精神病学杂志，里面刊载了阿尔比纳·顿克尔堡医师、埃里克·温德医师和丽莎·温德医师三人合写的一篇题为《适用于婚姻咨询的集体心理疗法》的文章。普宁过去一向由于丽莎对“psihooslinïe”[1]（“精神愚蠢病”）深感兴趣而感到难为情，现在他原本可以满不在乎，却仍然感到一阵阵既反感而又怜悯的刺痛。埃里克和她如今在一个计划生育中心附属的研究处工作，领导他们的是那位——被善变的埃里克称为“头头”的——和蔼而伟大的巨人贝纳德·梅乌德。在他俩这位保护人的支持下，埃里克想出一个鬼花招（不一定是他一个人的主意），诱使医院里一些比较听话的蠢病人接受一

1　用拉丁字母转写的俄文。

种精神治疗，参加一种像大家缝聚会[1]那样“消除紧张”的小组，结过婚的年轻娘儿们八个人一组，轻松自在地聚在一间舒适的屋子里，相互不拘礼节地直呼教名，气氛融洽无间，几位大夫面对着她们坐在一张桌子后面，另有一名秘书不引人注目地在一旁做记录，每个人在幼时所遭受的不痛快的事就如同死尸一般浮现出来了。在这些集会中，娘儿们可以充分坦率地讨论她们在婚姻上所遇到的精神失调的问题，这不免要牵涉到她们的配偶，相互作些比较，事后那些爷儿们也被邀请来，在一个特殊的“丈夫小组”里接受访问，同样无拘无束，雪茄敬来敬去，解剖图表传来传去。普宁跳过一些具体的报告和病历，这里也确实没必要详谈那些欢闹的细节。光提一提下面这样一种情况也就够了：妇女小组里这位或那位娘儿们回家有了新的体会之后，已经在第三次集会时把她新发现的感觉一五一十描绘给那些尚未开窍却迷了神的姐妹们听，这场讨论顿时出现一种活跃而欢畅的气氛（“嗯，姑娘们，乔治昨天晚上——”）这还不够。埃里克·温德大夫还想制定一个允许把那些一对对的夫妇全聚到一个联合小组里共同讨论的计划。顺便提一下，听到他和丽莎吧唧着嘴说“小组”这个字眼，真叫人浑身起鸡皮疙瘩。沙多教授在写给痛苦的普宁的一封长信中断言，温德大夫甚至管一对连体的双胞胎也叫“一个小组”。这位进步

---

1 quilting bee，西方女子在一起绗缝被子的联谊会。

的、理想主义的温德大夫确实渴望有个由连体百胞胎组成的幸福世界，结构连接的共同体，所有的民族都围绕在一个相通的肝脏周围兴建起来。“这不是别的，而是共产主义的一种缩影嘛——所有那些精神病学啊，”普宁在给沙多回信时嘟囔道，“干吗要去干扰个人的忧伤呢？人们要问，人生在世惟一真正拥有的东西，难道不是忧伤吗？”

六

“嗨，”星期六早晨，琼对她丈夫说，“我决定告诉铁莫菲今天这所房子从下午两点到五点完全归他俩使用。咱们该给那些可怜虫创造每一次可能相聚的机会。我可以到城里去办点事，你可以顺便到图书馆去转转。”

“今天可赶巧了，”劳仑斯答道，“我一点也不想到哪儿去转转或者遛遛。再说，他俩相会也未必需要八个房间啊。”

普宁穿上他那套崭新的棕色西服（靠那次在克莱蒙纳演讲挣来的钱添置的），在“鸡蛋和咱们”饭馆里匆匆忙忙吃了一顿中饭，便穿过积雪的公园，朝温代尔公共汽车站走去，差不多提前一个钟头就到了那里。丽莎到波士顿附近访问了她儿子秋季要去念书的圣巴托罗缪预备学校，在返回的途中干吗急着要见他呢，普宁对这一点根本不想费脑筋去揣测，他只知道一股幸福的心潮在那看不见而现在随时都会猛然溃决的堤坝后面汹涌而起。他看见了五辆公共汽车，而且仿佛在每辆车上都看见丽莎同别的乘客鱼贯而下时在窗口向他招手，可是临到一辆接一辆车上的人都下来之后，却不见她的踪影。忽然从他身后传来一声响亮的呼声（“铁莫菲，zdrastvuy[1]！”），他立刻转身，

1 用拉丁字母转写的俄文，你好。

看见她出现在他独独判断里面不会有她的那辆“灰狗”长途车上。我们的朋友从她身上看出什么变化了吗？仁慈的上帝，又能有什么变化呢！她就在那儿。不管天多冷，她都是那么热情洋溢。这当儿她紧紧搂住普宁的脑袋，海豹皮大衣敞开着，露出了里面绲花边的上衣，他在她脖子那儿闻到一股葡萄柚的香味，一个劲儿喃喃道：“Nu, nu, vot i horosho, nu vot。”[1]——只是口头上说点打动人心的话罢了。她惊叹道：“唷，他配上一嘴漂亮的新牙啦！”他帮着她上一辆出租车时，她那块鲜艳透明的头巾被勾住了，普宁在人行道上滑了一下，司机说声“瞧着点”，从他手里接过她的旅行包，这种情况过去也发生过，顺序完全雷同。

他们行驶在公园大街时，她告诉他说那是一家英国传统式学校。不，她什么也不想吃，她刚才已经在阿尔巴尼饱餐了一顿。那是一所“很花哨”的——那个形容词是用英语说的——学校，孩子们在玩一种用手打的室内网球，他那个班将有一位……（她摆出一副并不太激动的样儿，说出一位大名鼎鼎的美国人士的名字，可那既不是一位诗人也不是一位总统，因此对普宁来说一点意义也没有）。“容我说一句，”普宁插嘴道，一边低头，一边用手指着，“你从这儿可以看到我们校园的一角。”这一切（“噢，我看见了，vizhu, vizhu, kampus

1 用拉丁字母转写的俄文，哪，哪，这可太好了，真的。

kak kampus[1]：都一样，没什么新鲜的”)，这一切，包括孩子的奖学金在内，都承蒙贝纳德·梅乌德大夫的大力帮忙（“你知道，铁莫菲，哪天你该给他写封信道谢一声才对”）。校长是位牧师，把贝纳德当年在那儿念书时赢得的奖杯都拿给她看了。埃里克当然希望维克多进一家公立学校，但是被驳倒了。不管怎么说，霍佩尔牧师的老婆可是位英国伯爵的侄女。

“到了。这就是我的 palazzo[2]。”普宁打趣地说，他素来没法全神贯注地听她那叽里呱啦说得挺快的话。

他们走了进去，他蓦地觉得自己那样殷切盼望的日子过得未免太快了——一分钟一分钟地流逝，不一会儿就会过去啦。他心想也许她马上把找他的原因说出来，这一天说不定会过得慢一些，让人真正得到享受。

“多糟糕的地方呀，kakoy zhutkiy dom[3]。”她一边说，一边在电话机旁边那把椅子上坐下来，脱掉高筒橡皮套靴——好熟悉的动作啊！“瞧那幅伊斯兰教寺院尖塔的水彩画，真叫人恶心！房东准是怪人。”

“不不，”普宁说，“他们是我的朋友。”

“亲爱的铁莫菲，”他陪她上楼时，她说，“你这一辈子可认识不少糟透了的朋友。”

---

1 用拉丁字母转写的俄文，看见了，看见了，校园总归是校园。

2 意大利文，官殿。

3 用拉丁字母转写的俄文，多可怕的房子。

“这儿就是我的房间，”普宁说。

“我想我得在你这张纯洁的床上歇一会儿，铁莫菲。待会儿我给你念几首诗听听。折磨我的头疼老毛病又要犯了，今儿个一整天，我都挺好的呀。”

“我有阿司匹林。”

“嗯—嗯。”她哼哼道，这种已成习惯的否定语气在她一嘴本国话里显得怪腔怪调。

她脱鞋子的时候，普宁把脸扭了过去，鞋子咚咚两响掉在地板上，叫他想起了很久以前的日子。

她躺了下来，穿着黑裙子和白上衣，一头棕色的头发，一只粉红的手遮住两只眼睛。

“你过得还好吗？”普宁坐进那把靠近暖气片的白色摇椅里问道。(让她说出找我到底有啥事，快！)

“我们的工作挺有趣儿，”她说，依然用手遮住眼睛，“可我得告诉你，我不再爱埃里克了。我们的关系已经破裂。再说埃里克也不喜欢他的孩子。他说他是陆上的爸爸，而你铁莫菲是水上的爸爸。”

普宁笑了，笑得前俯后仰，那个不大结实的摇椅在他身子底下吱吱嘎嘎地直响。他的眼睛像星星一般闪亮，而且湿润了。

她从那只胖手下纳闷儿地瞧了他一会儿，接着说：

“埃里克对待维克多心肠太狠。孩子一定在噩梦中不知把他宰了多少回啦。另外，跟埃里克在一块儿——我早就发现了——平心静气地评理儿，非但没把问题搞清楚，反倒搞乱了。他是个很别扭的家伙。你挣多少薪水，铁莫菲？”

他如实告诉她了。

“嗯，”她说，“不算太多。可我猜想你照样能攒点钱吧——论你的需要，你那非常微薄的需要，这笔钱还是够多的，铁莫菲。”

她那黑裙子下面围着紧身褡的肚子起伏了两三次，带着无声、恬适、温厚而让人怀旧的讽刺味儿——这当儿，普宁一边擤鼻子，一边摇晃脑袋，显出色眯眯、欢天喜地的神情。

“听我念一首最近写的诗，”她说，仰面躺着，两只手放在身旁，用一种拖长的深沉声调，抑扬顿挫地朗诵起来：

Ya nadela tyomnoe plat'e,
I monashenki ya skromney;
Iz slonovoy kosti raspyat'e
Nad holodnoy postel'yu moey。

No ogni nabïvalïh orgiy
Prozhigayut moyo zabïtyo
I shepchu ya imya Georgiy —
Zolotoe imya tvoyo!

（我穿上一套黑衣服，

比一个修女还朴素；

一个象牙的十字架

挂在我冰凉的床上方。

但是狂欢歌舞的火花

在我那淡忘中复燃，

我便轻声呼唤乔治——

你那金光闪闪的名字！）[1]

“他是个很有趣的人，”她停也没停就接着往下说，“事实上，他差不多像个英国人。大战期间，他驾驶过一架轰炸机，如今在几位经纪人合伙开的一家商行里干活儿，他们一点也不同情他，也不了解他。他出生在一个古老的家庭里。父亲是个幻想家，在佛罗里达州开过一家海上游乐场，你知道，就是赌场一类的玩意儿，可是让一些犹太歹徒给毁了，而且他还自愿代另外一个人坐牢。一家人个个是英雄好汉。”

她顿住了。小屋里的寂静与其说被那粉刷过的暖气管里的搏动声和玎珰声打破了，倒不如说给加强了。

“我给埃里克打了份完整的报告，”丽莎叹口气，又接茬儿说，“现在他一个劲儿向我保证，如果我肯合作的话，他就能

1 诗系用拉丁字母转写的俄文写成，括号内为译文。

治好我的病。遗憾的是我也正跟乔治合作呐。”

乔治这个名字她是照俄语发音念出来的——两个 g 字母发重音，两个 e 字母发长音。

“嗯，正如埃里克所说的那样，c'est la vie[1]。唷，天花板上吊着好多蜘蛛网呐，你居然能在这下面睡觉啊？”她瞧瞧手表，“哎哟，我得赶四点三十分那班公共汽车回去。劳驾马上给我叫辆出租车吧。我还有点非常重要的事得跟你谈谈。”

终于说出口了——真够迟的。

她要求铁莫菲每月攒点钱留给那个男孩用——因为她现在没法张嘴向贝纳德·梅乌德要——她没准儿会死掉咧——出了什么事，埃里克都不管——至少应该有人时不时给孩子寄点钱去，就好像是他妈寄给他的——你知道，零用钱什么的——他就要跟阔人家的孩子一块儿念书啦。她会写信给铁莫菲的，把地址和其他一些细节告诉他。是啊——铁莫菲是个宝贝儿，这一点她可从来没怀疑过（“Nu kakoy zhe tï dushka”[2]）。还有，哦，洗澡间在哪儿？可不可以请他这就打电话叫辆出租车？

“顺便提一下，”她说，这当儿他正帮她穿大衣，她像往常那样皱着眉头，瞎摸乱抓地搜寻那两个闪来闪去的袖孔，“你知道，铁莫菲，你这身棕色衣服可实在不像样儿：绅士从来不穿棕色的。”

---

1 法文，这就是生活。

2 用拉丁字母转写的俄文。

他送走了她，便穿过公园往回走。留住她，供养她，——她还是老样子——她的残忍啦，庸俗啦，迷人的蓝眼睛啦，糟糕的诗作啦，胖乎乎的脚啦，肮脏、下贱、枯竭而幼稚的灵魂啦。他蓦地想到：人如果在天堂会重新相聚（这我并不信，不过姑且这么说罢了），我又怎能不让那枯萎无助、有缺点的玩意儿——她的灵魂在我身上到处乱爬呢？但是，这是人间，我居然还活着，真也是怪事，生活和我还都有些价值……

他好像豁然开朗，十分出乎意料地（因为悲观失望很难导致伟大的真理）快要把宇宙之谜简单解答出来了，可是这时他却被一个紧急的要求打断了思路。有一只松鼠在树下看见普宁走过来，这个聪明的小动物就来了个植物卷须的蜿蜒动作，爬上一个饮水喷泉，待在边缘上，普宁一走近，它就冲他努出椭圆的脸，鼓起腮帮，嘴里发出一阵粗里粗气的哔哔声。普宁懂得它的意思，便走过去摸索一阵，找到了那个一按就出水的开关。那个干渴的啮齿动物一边蔑视地瞧着他，一边尝那冒泡的粗水柱，喝了好一阵子。“它别是发烧啦，”普宁心里想着，暗自落泪，手一直有礼貌地按住那个奇妙的开关，尽量避免自己的目光跟那盯着他的不愉快的眼睛相遇。那只松鼠解了渴，也没向他表示一星半点感激的样儿就撒腿跑了。

这位水上的爸爸继续向前走，来到那条路的尽头，又转入旁边一条街，那儿有一家安着石榴红色玻璃窗户、小木屋式样的小酒馆。

七

午后五点一刻，琼拎着满满一包食物，夹着两本杂志和三个小包回到家门口，发现门廊邮箱里有一封女儿寄来的航空快信。自从伊莎贝尔前次给父母寄来一封短信，说她在亚利桑那州度完蜜月之后已经安抵丈夫的家乡，至今又过去三个多星期了。琼夹着七歪八扭的小包，连忙把信拆开。这是一封充满欢乐幸福的信，她一口气把它看完，心中感到宽慰而欣喜，好像样样东西都在她眼前欢舞似的。她摸到大门上挂着一样东西，仔细一看不免大吃一惊，原来是普宁一向当成自己一点心肝似的那串钥匙，连带小皮夹子一起挂在门锁上。她就用它把门打开，刚一走进去就听见从食品室里传来一阵乒乒乓乓的响声——食橱挨个儿给打开，又给关上。

她把大包小包放在厨房的餐具柜上，冲着食品室问："你在找什么呐，铁莫菲？"

他从里面走出来，满脸通红，眼睛瞪得老大的，她惊讶地发现他的脸上还一塌糊涂地沾着没拭去的泪水呐。

"蒋（琼），我在找威士枯斯和苏大斯特[1]，"他凄凉地说。

1　普宁找的是威士忌苏打，但是他发音不对，念成"viscous and sawdust"，变成"黏胶和锯末儿"了。

“恐怕没有苏打水，”她带着盎格鲁－撒克逊人那种清醒的克制力答道。“餐厅那个柜橱里倒是有不少威士忌。不过，我建议咱俩还是弄点好热茶喝喝吧。”

他比划了一个俄罗斯式表示“放弃”的手势。

“不啦，我其实什么也不想喝，”他在厨房里那张桌子旁边坐下，长叹一声说。

她在他身旁坐下，翻开她买回来的一本杂志。

“那咱们来看看图片吧，铁莫菲。”

“不想看，蒋。你知道我一向闹不清里面什么是广告，什么不是广告。”

“你歇着，铁莫菲，让我来讲给你听。瞧，我喜欢这一幅。哎呀，妙极了，这儿把两种概念结合起来啦——荒岛和烟雾里的女郎。你瞧，铁莫菲——看一眼嘛，”——他无可奈何，只好戴上自己那副看书用的眼镜——“这是一座只有一棵棕榈树的荒岛，这是一节撞碎了的木筏，这是一名失事船只上的水手，这是他救活的那条船上的一只小猫，再瞧这儿，那块岩石上——”

“不可能，”普宁说，“一丁点的小岛，再加上棕榈树，不可能存在于那样大的海洋里。”

“可是它确实就存在于这儿呐。”

“叫人没法忍受的孤独啊，”普宁说。

“对，但是——真格的，你不公道，铁莫菲。你明明知道自己同意劳尔的观点：思想领域是建立在一种与逻辑相协调的基础上的。”

“我对这有保留的看法，”普宁说，“首先，逻辑本身——”

“好啦，咱们未免扯得太远了，离开咱们这个好玩的正题了。喏，你看这张画儿。这是那个水手，这是那只猫咪，这是一条闲荡而挺愁闷的美人鱼，再瞧水手和猫咪上方的腾腾烟雾。”

“原子弹爆炸吧。”普宁哀愁地说。

“不是，完全不是。比那可要有趣得多。你看，人们把这些滚圆的烟雾看成是他们思想的投影。现在咱们终于接触到有趣的地方啦。水手想象美人鱼长着两条腿，那只猫却想象她彻头彻尾是条鱼。”

“莱蒙托夫[1]，”普宁伸出两个手指头说，“只用两首诗就把美人鱼描绘得淋漓尽致了。我即使高兴的时候也受不了美国人的幽默，我应当说……”他用颤巍巍的手摘下眼镜，用胳膊肘推开那本杂志，脑袋趴在胳膊上，瓮声瓮气地呜咽起来。

她听见大门口有人在开门关门。不大一会儿工夫，劳仑斯装出一副滑稽样儿，朝厨房里鬼鬼祟祟地窥探。琼摆摆右手叫他走开，左手把放在大包小包上的那个彩色花边信封指给他看。她脸上闪现的会心微笑简单地反映出伊莎贝尔那封信的

1　Mikhail Lermontov（1814—1841），俄国浪漫派诗人。

内容；他伸手抓起了那封信，不再开玩笑了，踮起脚尖朝外走去。

普宁那强壮得过分的肩膀还在抽动。她合上那本杂志，看了看封面：一群娃娃般欢蹦乱跳的小学生、伊莎贝尔和哈根家的孩子、光秃秃的遮阴树、一个白色的塔尖、温代尔的钟楼。

"她不想回来吗？"琼温柔地问。

普宁，脑袋还伏在胳膊上，用他那捏得不太紧的拳头擂起桌子来了。

"我什佛（么）也没由（有），"普宁流着鼻涕的鼻子挺响地吸着气，恸哭道，"我什佛，什佛，什佛也没由剩下啊！"

第三章

一

普宁在温代尔学院任教的那八个年头里，几乎每一学期——不是这个原因就是那个原因，主要是声音的原故——都要换一换住所。如今在他的记忆里，那些房间累积起来，就像是在一个家具店里，不顾时间和空间的差别，在柔和的灯光下，把那些家具胡乱掺和在一起展览，一批扶手椅啦，床啦，灯啦，壁炉旁边的摆设啦，花样繁多，而店外则在下雪，暮色苍茫，人们谁也不真正爱谁。他在温代尔住过的一些房间比起他当年在纽约住宅区住的那间房看起来整洁多了，纽约那间房坐落在肿（中）央公园和黑（河）滨道之间的一个街区里，叫人难以忘怀的是路边遍地的废纸，那堆有人已经不留神踩了一脚的、清晰可见的狗屎，还有一个个使劲儿朝又高又黑的门廊台阶扔球玩的、不知疲倦的男孩；甚至这间房在普宁的脑海里（一个小球还在弹跳回去）比他当年在中欧只拿南森护照时住的那个如今已经记不大清楚的老住所都确实要干净得多。

但是随着年龄的增长，普宁变得爱挑剔了，光有漂亮的摆设已经不够了。温代尔是个安静的小城镇，而温代尔村坐落在山洼里则显得更加清静；可是普宁却觉得住在哪儿都不够静谧。他在这儿开始生活时，住在学院为单身教师准备的、考虑得很周到的、备有家具的宿舍里，自己有一套很不错的房间，尽管有些由于群居而带来的缺点（“普宁，来一盘乒乓球怎么样？”“我可不再玩小娃娃玩的玩意儿啦。”），一直住到一些工人来到这条街——普宁格勒，脑壳街——开始在路面上钻洞时为止，因为他们钻了又填，填了又钻，一阵拉锯似的邪恶的颤动，又是一阵令人惊奇的停顿，一连干了好几个星期，而且他们好像再也找不到那件错埋了的宝贵工具似的。他又搬到温代尔村那个著名的与世隔绝的公爵公寓里去住（为了把这儿那儿那些特殊的冒犯者挑出来罢了），租了一间讨人喜欢的小房间，然而每天夜里，楼上浴室里都有瀑布般哗哗放水的响声和砰砰的关门声，其间还有两个长着雕像那种粗石腿的怪物会用重得叫人讨厌的脚步走来走去——这种想象中的体态跟楼上实际住着的两位邻居的苗条身躯很难对得上号，原来他俩是美术系的斯塔尔夫妇（“我叫克里斯托弗，这是路易丝”），一对天使般温柔的夫妇，都对陀思妥耶夫斯基和肖斯塔科维奇[1]极感兴趣。他又搬到一间更舒适的卧室兼书房的屋子里去住——还是出租单个房间的公寓——没人会撞进来要求免费上一堂俄语课。然而可怕的温代尔冬天一开始，锋利的无孔不入的风就从窗缝飕飕吹进来，甚至也从厕所抽水马桶里窜出来，于是那间舒适的小屋就出现一连串疯狂或邪门的事儿——普宁那个刷过银漆的

1 Dmitri Shostakovich（1906—1975），俄罗斯最伟大的作曲家之一。

暖气片会发出一种没完没了嗡嗡的音乐声，或多或少还算是古典音乐。他想法用一块毛毯把它蒙住，就好像它是个笼中的歌鸟，可是歌声说什么也不肯停下来，直到赛耶太太的老娘被送进医院，在那儿归了西之后，暖气片才转而发出加拿大人说的那种法国话。

他还试过别种类型的住所：私宅出租的房间，这类房间尽管在许多方面不尽相同（譬如，不是所有的都带护墙板；有些上面是涂了白灰的，或者至少有一部分涂了白灰），却有一个共同的特点，那就是起居室里或者落地书柜里必定有房龙[1]和克罗宁[2]医师的大作；它们可能会被一堆杂志，或者一些亮面厚实的历史传奇小说，或者甚至于某一位加奈特[3]夫人翻译的著作隔开来（在这类住家里，还肯定会在墙上某处挂有一幅图卢兹－劳特累克[4]的招贴画儿），但是你必定能发现房龙和克罗宁这一对作家彼此在交换亲昵招呼的眼色，就像是两个在热闹的宴会上相遇的老朋友。

---

1 Hendrik Willem van Loon（1882—1944），美籍荷兰裔历史学家，写过三十余种历史、地理、艺术和传记类图书，一九四二年曾获荷兰雄狮爵士勋章。

2 Archibald Joseph Cronin（1896—1981），苏格兰小说家与医师，他的畅销小说多半是有关医生职业的。

3 Constance Garnett（1862—1946），英国作家与翻译家，曾译过许多俄罗斯文学作品。

4 Henri de Toulouse-Lautrec（1864—1901），法国十九世纪末叶的浪漫派画家，与凡·高等人齐名。

二

他又回到学院单身宿舍去住了一阵子，可是道路钻探工也跟着回来了，此外还出现了别种惹人厌烦的声响。目前，他还租住着克莱门茨家二楼那间镶白边的粉红墙卧室，这是他破题儿第一遭真正喜欢的一家住宅，那间屋子他已经住了一年多。眼下，他已经根除了前任居住者残存的一切痕迹；大概只有他一个人这样认为吧，因为他没注意到，也许永远不会注意到，就在床头上面的墙上乱画着一个滑稽脸儿呐，门的侧壁上有一些已经擦掉了一半的测量身高的杠杠儿，是从一九四〇年一个四英尺高的地方开始用铅笔画起的。

普宁负责照管这个家已经有一个多星期，因为琼·克莱门茨坐飞机到西部一个州看她那出嫁的女儿去了；过了两天，克莱门茨教授刚开始讲授春季那一学期的哲学课，忽然接到一封急电，也飞往西部去了。

我们这位朋友悠闲自在地吃早饭，主要是那杯喝不厌的牛奶，到了九点半就准备照往常那样步行到校园去。

他照俄国知识分子那样穿上大衣，这叫我心里感到热乎乎的：脑袋向前探着，露出个典型的秃顶，那个像奇境公爵夫人[1]那样的大下巴紧紧压住那条搭起来的绿色的围脖顶端，让它贴在胸口上，然后他猛地抖动一下肩膀，想法让两只胳膊一齐伸进大衣袖孔；再猛地颠一下，大衣就穿上了。

他拎起他的 portfel’[2]（公事皮包），检查一下里面的东西，接着就走出大门。

刚走到离门廊只有掷一份报那么远的地方，他忽然想起学院图书馆催他赶紧归还一本书，好让另一位读者使用。他内心斗争了片刻；他还需要用那一卷书；但是仁慈的普宁十分同情另外那位（不知姓名的）学者吵吵嚷嚷的急切要求，不得不返回去取那卷又厚又沉的书：一九四〇年莫斯科——列宁格勒出版的《苏维埃文学金库丛书》（*Sovetskiy Zolotoy Fond Literaturï*[3]）第十八卷，内容主要是研究托尔斯泰的论文。

---

1 Duchess of Wonderland，英国作家刘易斯·卡罗尔的《爱丽丝漫游奇境》中的一个人物。

2 用拉丁字母转写的俄文。

3 用拉丁字母转写的俄文。

三

英语发音所用的有关器官是喉咙、软腭、嘴唇、舌头（这个杂技班里的矮胖子），最后但绝非最不重要的是下颚；普宁在班上把俄语文法书或者普希金某一首诗里某些段落译成英语时，主要靠过分用力和有点儿反刍的动作。如果说他的俄语是音乐，那么他的英语就是谋杀。他在去掉腭音这方面遇到很大的困难（普宁把“困难”念成“dzeefeecooltsee”），绝对没法去掉 t 和 d 这两个字母额外的俄语水分，后面跟着的元音他总发十分古怪的软音。“hat”（帽子）他发爆破音（“我甚至冬天也从不戴帽子”），同一般美国人（例如典型的温代尔镇的人）说“hot”（热）这个字的发音很相似，只是元音发得更短一些罢了，从而很像德语动词 hat（有）的发音。o 的长音在他嘴里不可避免地变成短音：他说“不”的时候完全像意大利语，而且还习惯把这个简单的否定词一连说三声（“要不要搭我的车，普宁先生？”“不—不—不，还有两步就到了。”），因此意大利语的味儿更浓。他没有长 oo 音（这种缺陷他一点也不知道）：该发“noon”音时，他只能发出德语“nun”那样的松元音。（“星期二 afternun——下午我没课。敢情今天就是星期二。”）

星期二——一点没错儿；然而是这个月的哪一天呢，我们纳闷。譬如说，普宁的生日是二月三日，按儒略历[1]推算，他是一八九八年出生在圣彼得堡的。如今他不再请客祝寿，一来因为他自从离开俄国以后就借口按格里历[2]来推算（晚十三天——不，十二天），如此一来便打马虎眼混过去了；二来因为他在这一学年主要奉行一种我行我素、不爱交际的生活基调。

眼下，他正在那块他诙谐地称之为灰板的、布满粉笔末儿的黑板上写个日期。胳肢窝底下还感到那本《文学金库》的分量。他写的那个日期跟温代尔当年那一天毫不相干：

一八二九年十二月二十六日

他仔细地钻了个又大又白的句号，接着在下面又添了一行：

圣彼得堡，下午三点零三分

他的学生弗兰克·贝克曼，萝丝·巴尔桑多，弗兰克·卡罗尔，厄温·德·赫兹，漂亮而聪明的玛丽安·霍恩，约翰·小米德，彼德·沃尔考夫和亚兰·布莱德勃瑞·瓦尔希，都规规矩矩地把这两行抄在了笔记本上。

普宁，脸上默默漾起喜色，在讲桌旁坐下来：他有个故事要讲。那本荒诞的俄语语法书里有这样一句话："Brozhu li

---

1 Julian Calendar，古罗马儒略·恺撒制订的历法。

2 Gregorian Calendar，当今使用的公历。

ya vdol' ulits shumnïh（不管我是否踯躅在闹市街头）……”其实是一首名诗[1]的开头一句。在这个俄语初级班里，虽然只要求普宁教教口语练习（“Mama, telefon! Brozhu li ya vdol' ulits shumnïh. Ot Vladivostoka do Vashingtona 5,000 mil'。”[2]）可他却不放过任何机会引导他的学生漫游文学和历史的领域。

普希金在一组八首四行一节的四音步诗里描绘了他平素那种可怕的习惯，那就是他不管在哪儿，不管干什么，总在想着死亡，仔细审查着每个消逝的日子，力求从日期的密码当中找到一个“将来的周年纪念日”——某时某地会出现在他的墓碑上的某月某日。

“‘命运要把我带往何处，’这是未完成将来式，”激动的普宁一边朗读，一边把头朝后仰，逐句大胆直译，“‘死于战场，死于旅途，还是死于汹涌波涛之中？邻近的幽谷’——dolina[3]，相同的词，现在我们一般说‘溪谷’——‘是否会收纳我那冰冻的尸灰，’poussière[4]，‘冷灰’也许更确切。‘尽管这对那毫无知觉的身体无关紧要……’”

普宁一直朗诵到末尾，接着用他手里还拿着的那根粉笔戏剧性地指着黑板，说明普希金多么细心，不仅注明写这首诗的

---

1 指普希金一八二九年所作的抒情诗《我踯躅在闹市街头……》。

2 用拉丁字母转写的俄文，妈妈，电话！不管我是否踯躅在闹市街头。从海参崴到华盛顿共五千英里。

3 用拉丁字母转写的俄文，幽谷。

4 法文，灰。

日期，甚至连钟点也都记下来了。

“然而，”普宁得意扬扬地大声说，“他却在一个完全不同的日子里丧了命！他死于……”这当儿，普宁使劲靠着的那个椅背发出一声不吉利的劈啪声，全班学生不禁扬起一阵充满青春活力的大笑声，消除了可以原谅的紧张气氛。

（某时，某地——彼得堡？布拉格？——一个小丑在弹钢琴，另一个小丑抽掉他坐的凳子，可他尽管没有凳子，却保持坐姿，继续弹他的狂想曲，丝毫没受影响。在哪儿啊？柏林的布什马戏团吧！）

四

初级班下课后，高级班没多大工夫就接着上课，这段空当里普宁也就懒得离开教室。他的办公室在另一层楼上一条回音很大的通道尽头，旁边就是教职员的厕所，那本马马虎虎裹在他那条绿围脖里的《文学金库》现在正搁在那儿的卷宗柜子上呐。一九五〇年以前（眼下是一九五三年——时间可过得真快哟！），他跟一位年轻讲师米勒先生合用德语系一间办公室，后来他有了一间门上标着“俄”字的专用办公室，这原本是一间堆破烂的屋子，现在完全给粉刷一新。整整一个春天，他欢欢喜喜地把它普宁化了。屋子里搬进来两把粗糙的椅子，一个软木做的公告栏，一听工友忘记拿走的地板蜡，以及一张没法确定是啥木料做的、带基座的寒伧的书桌。他还从行政处诓来一个配有讨人喜欢的锁的小钢柜。小伙子米勒，在普宁的指挥下，把普宁的一个可拆卸的书橱抱过来一部分。普宁又花三块钱从麦克克里斯特老太太那儿买来一条褪了色的土耳其地毯，他在这位老太太的木板白房子里住过一个平平淡淡的冬天（一九四九至一九五〇年）。靠工友的帮助，他还在书桌边上装了一个旋笔刀——一个非常叫人满意、非常富有哲学意味的工具，一转它就叽里呱啦地响，把甜木头和亮色黄漆吞下肚去，最后跟咱们大家都必然会遇到的那样，以陷入默默旋转的虚无缥缈之中而告终。他还有更远大的计划，购买一把扶手椅和一个高脚灯什么的。可是有一个夏季，他去华盛顿教课，回来之后一进办公室，却看见一条肥狗卧在他的地毯上，他的家具都给挪到一个比较暗的旮旯里去了，腾出地方好摆一张华丽的不锈钢书桌和一把配套的转椅，那儿坐着一位正在一边写作、一边暗自微笑的新进口的奥地利学者——布多·冯·法特恩弗斯博士。从此以后，普宁说起“俄”字办公室就不那么带劲儿了。

五

中午，普宁照例洗洗手，洗洗脑袋瓜子。

他回到“俄”字办公室拿他的大衣、围脖、书和公事皮包。法特恩弗斯博士还在一边写作一边微笑呐；他带来的那包三明治已经给打开一半；他那条狗一声不吭地趴在地上。普宁走下阴暗的楼梯，穿过雕塑博物馆。人文楼鸟类学系和人类学系也潜伏在里面呢，由一条颇具洛可可式样的透雕细工长廊连接另一座砖楼——弗里兹楼，餐厅和教职员俱乐部都在那里头：上个斜坡，直转弯，再溜达几步便可闻到一年到头都有的油煎土豆味儿，那糟透了的讲究营养平衡的伙食正等着您呐。夏天，长廊格架上攀满生机勃勃、微微颤动的花朵；现在凛冽的寒风从光秃秃的格架吹进来，不知是谁把一只捡到的连指红手套放在结冰的喷泉口上了，从那儿长廊分出一条岔路，直通院长办公室。

波尔院长是个动作慢慢腾腾的老头儿，个儿挺高，戴一副墨镜，他两三年前就视力不佳，现在差不多彻底瞎了。然而，他像太阳升落那样有规律性，每天都由他的侄女兼秘书搀扶来到弗里兹楼；老先生就像一位古代尊贵的人物，瞎摸黑眼地来吃他这一顿瞧不见的午餐。大伙儿尽管对他这样走进来的凄惨样儿早就习以为常，但是每当他被领到他那把刻花的椅子前，两只手瞎摸桌子边缘的时候，饭厅里总是静多了；就在他身后的墙上画着一幅他风度翩翩的肖像，叫人看了不由得生出一种古怪的感觉；饭厅四壁那幅著名壁画，是一九三八年由朗氏创作的，包括许多历史性人物和温代尔教员，场面宏伟，美术系的奥莱格·考玛洛夫在前十年加上了一组人物：波尔院长身穿双排扣紫红色礼服，脚登赤褐色皮鞋，正在炯炯有神地凝视着理查德·瓦格纳[1]、陀思妥耶夫斯基和孔夫子递给他的卷轴。

普宁要向他的同胞打听点事，便在他身旁坐下。这位考玛洛夫是个哥萨克人的儿子，矮个儿，小平头，长着两个像骷髅那样塌陷下去的鼻孔。他的老婆萨拉菲玛是个兴致勃勃的大个子，出生在莫斯科，戴着一条长长的银项链，项链上挂着一个西藏人的辟邪物，一直耷拉到她那又软又大的肚皮上，这对夫妇经常举办一些俄式晚会，备有俄式小吃、吉他音乐和一些或多或少掺假的民间歌曲——一些羞答答的研究生就会在这种场合中经他俩传授喝伏特加酒的礼节和别的一些陈腐的俄罗斯礼仪；举行过这类盛宴之后，一遇到古板的普宁，萨拉菲玛和奥莱格（她抬眼观天，他用一只手挡住眼睛）就会带着敬畏的自我感恩的神情低声说："Gospodi, skol'ko mïim dayom![2]（天啊，我们教给他们多少学问哟！）"——"他们"是指愚昧的美国

1 Richard Wagner（1813—1883），德国诗人和作曲家。

2 用拉丁字母转写的俄文。

人。冒充见多识广的考玛洛夫夫妇所介绍的那种既反动又亲苏的大杂烩，只有另外一个俄国人才能理解。对他们两口子来说，一个理想的俄国应该包括红军啦、一个正式举行过登基典礼的君主啦、集体农庄啦、人智学[1]啦、俄罗斯正教会啦，还有水电大坝。普宁和奥莱格·考玛洛夫经常处于一种克制住的交战状态，两人却又不可避免地常常见面。那些把考玛洛夫夫妇看作"显要人物"而背地里模仿普宁可笑样儿的美国同事，还当画家和普宁是极要好的朋友咧。

要不经过很专门的测验，很难断定普宁和考玛洛夫两人的英语谁说得蹩脚，也许普宁更差一些，可是论年龄，论全面教育，再加上取得美国国籍稍微早一点，普宁觉得自己够资格纠正考玛洛夫在话语里经常插入的英语句子。考玛洛夫对此非常恼火，甚至超过了他对普宁那种 antikvarnïy liberalizm[2] 的痛恨程度。

"你听着，考玛洛夫（Poslushayte, Komarov[3]）"——这是一种对人很不礼貌的称呼方式[4]——普宁说，"我闹不清这儿还会有谁要看这本书；当然不会是我的哪一位学生；如果是你的话，我也闹不明白你干吗要用它呢。"

1　anthroposophy，德国哲学家鲁道夫·施太内尔（Rudolf Steiner，1861—1925）创立的把人类作为研究一切知觉中心的"精神科学"学说。

2　用拉丁字母转写的俄文，旧式自由主义。

3　用拉丁字母转写的俄文。

4　按俄国人的习惯，这是不够尊敬的表示，一般应以本名连父名相称。

“我不需要，”考玛洛夫朝那卷书瞥了一眼，答道，“不感兴趣，”他又用英语补了一句。

普宁不出声地翕动一两下嘴唇和下巴颏儿，想说点什么，却又止住了，继续吃他那盘色拉。

六

这一天是星期二，他吃完中饭可以立刻溜达到他爱去的那个地方，一直待到吃晚饭的时候。温代尔图书馆跟其他任何一座大楼都没有长廊连接起来，可是却亲密而牢固地连着普宁那颗心。他从那尊学院首任院长阿尔弗斯·弗里兹的大铜像旁边走过，老院长头戴运动帽，身穿灯笼裤，双手紧握那辆他永远打算正要骑上去的铜制自行车的车把，脚刚放稳位置，而那只脚也永远粘牢在左脚蹬上了。坐垫上有积雪，最近有几位爱开玩笑的家伙把一个可笑的筐子缚在车把前面了，筐子里也有雪。普宁摇摇脑袋，怒斥一声“Huliganï”[1]，接着他来到那条铺着草皮的斜坡，从那儿下去，两旁是落了叶子的榆树的蜿蜒小道，他不小心踩在一块扁石头上，差点儿摔个斤斗。他除了右胳膊夹着那本厚书之外，左手还拎着他的公事皮包，那个中欧式样的、又旧又黑的 portfel'。他攥紧皮把手，很有节拍地甩着它，大模大样地朝他的书籍、朝书库里他那间写字室、朝俄罗斯学术天堂走去。

一群鸽子列成一个椭圆形的圆圈，正在学院图书馆清澈而

1 用拉丁字母转写的俄文，流氓。

苍白的上空盘旋，一会儿高飞变得灰蒙蒙，一会儿拍翅飞行变得白花花，一会儿又变为灰蒙蒙。远方传来一辆火车呜呜的鸣笛声，哀愁得就像在大草原上行驶似的。一只小小的松鼠，从太阳照晒的一小块雪地上慌张地窜过去，一棵树的阴影暗蓝暗蓝地铺展在那条茶青色的草皮上，那棵光秃秃的树直插云霄，从上面传出一阵活跃的、抓爬的响声；鸽子第三回，也是最后一回，打那里掠过。这当儿，那只松鼠已经消逝在树杈里，吱吱叫个不停，仿佛在骂那些想把它从树上抓下来的罪人。普宁在那条小道脏黑的雪上又滑了一下，猛地举起一只胳膊，使身子恢复了平衡。他惨然一笑，弯腰去捡那本掉在地上的《文学金库》，书敞开了，露出插图页上的一张快照，列夫·托尔斯泰正在一块俄罗斯牧场里，迈着沉重的脚步，面冲照相机镜头走来，身后几匹鬃毛修长的马儿也愣头愣脑地转向拍照的人。

V boyu li, v stranstvii, v volnah?[1] 在战场上，旅途中，还是汹涌的波涛中？要么在温代尔校园里？一层黏里吧唧的干酪糊在普宁的假牙上了，他斯文地嚼了一阵子，就踏上图书馆滑溜溜的台阶了。

普宁跟学院里许多上了年纪的教员一样，早就不注意校园、走廊和图书馆里有学生存在了——简而言之，除了在教室里上课集中注意一下之外，根本不注意他们存在于何方。起

1 用拉丁字母转写的俄文。

初，他看到有些学生把他们可怜的年轻脑袋趴在胳膊上，在知识废墟当中呼呼熟睡，心里就感到不舒服；可是眼下，除了这儿那儿有个把姑娘秀丽的后脖子还引起他的注意之外，他在阅览室里好像谁也没瞧见。

赛耶太太在出纳柜台那儿值班。她的母亲和克莱门茨太太的母亲是表姐妹。

“今天还好吗，普宁教授？”

“挺好，费尔太太。”

“劳仑斯和琼回来了吗？”

“还没有。我把这本书带来了，因为我收到了那张催还卡——”

“我怀疑可怜的伊莎贝尔是不是当真要离婚。”

“没听说。费尔太太，容我问一下——”

“要是他们真把她带回来，我琢磨我们又得给您另找个房间啦。”

“费尔太太，容我打听点事。我昨天收到这张卡片——您能告诉我谁要借这本书吗？”

“让我查查看。”

她查了查。另外那个读者原来是铁莫菲·普宁；上星期五他索取第十八卷。同样，一点也没错，第十八卷早已借给这位普宁，他打圣诞节那天就借走了，现在正站在那儿，两只手搁在那本书上，跟一张祖传相片上面的一位地方长官所摆的姿势一模一样。

“不可能！”普宁喊道，“我上星期五要借的是第十九卷，一九四七年版，不是第十八卷，一九四〇年版。”

“可您瞧啊——您明明写的是第十八卷。不管怎么说，第十九卷还在装订。这本您还看吗？”

“十八也好，十九也好，”普宁嘟囔道，“这没多大关系！我把年份写对了，这才算要紧！嗯，十八卷我还要用一下——十九卷一装订好，就请干块（赶快）寄一张通知卡给我。”

他一边微微抱怨，一边拿起那本笨重而受窘的书，走进他喜欢的一个凹进去的旮旯里，把书用绿围脖裹起来放在那边。

这些娘儿们哟，她们简直目不识丁。那个年份明明写得清清楚楚嘛。

他照例先走进期刊阅览室，在那儿看看最近一份俄文报纸上的新闻。（今天是二月十二日，星期六——唷，这是星期二的报，多么粗心大意的读者啊！）那份日报是芝加哥一群俄国流亡者从一九一八年就创办起来的。他照例仔细扫一眼广告栏。波波夫医师，穿着崭新的白大褂照相，向老年人保证可以恢复青春和快乐。一家唱片公司列出一张出售的俄语唱片目录，像《破灭的生活，一支圆舞曲》和《前线司机之歌》什么的。一位承办丧葬者多少有点像果戈理小说中的人物，夸耀他那些豪华的柩车，而且说它们也适用于郊游野餐乘坐。另一位也像果戈理小说中的人物，在迈阿密出租“一套两间屋子的公寓给无酒癖者（dlya trezvïh[1]），院内有果树和花卉”，与此同时，哈蒙德有“一个安静的小家庭”渴望出租家中一间屋子——于是这位读者不知怎地突然激情满怀，异常清醒地看到了四十年前他的父母巴威尔·普宁医师和瓦莱丽娅·普宁，面对面坐在圣彼得堡加莱尔纳耶大街的故居一间灯光明亮的小客厅里两把扶手椅上，他在看一本医学杂志，她在看一本政治评论刊物。

他也细读了有关三个流亡者组织进行的一场持续很久、冗长乏味的派系论战的最新消息。这是甲派先发难的，谴责乙派迟钝，死气沉沉，无所作为，并用一句格言加以说明，“他既想爬上枞树，却又怕刮破自己小腿肚子上的肉。”这招来了“一位老乐观派”致编辑部的一封尖刻的信，标题为《枞树和迟钝》，劈头第一句就是：“美国有句俗话：‘住在玻璃房子里的人可别试投一块石头打死两只鸟儿。’”最近这份报又刊登了丙派一位代表撰写的一篇两千字的小品文，题为《论枞树、玻璃房子和乐观派》，普宁津津有味而赞同地把它读了一遍。

然后，他就回到他那个带书架的阅览桌去进行自己的研究工作。

他打算写一部俄罗斯文化 Petite Histoire[2]，其中要精选介绍俄罗斯的奇闻逸话、风俗习惯、文学轶事等诸如此类的事，就

1　用拉丁字母转写的俄文。

2　见第 40 页注 1。

像以缩影的方式把 la Grande Histoire[1]——一系列前因后果的重要事件统统反映出来。他目前还处在收集资料那个欢乐的阶段；许多心地善良的小伙子看到普宁在图书馆里挖掘资料那副样儿都感到是桩乐事和荣幸，只见他从一个综合目录柜里抽出一盒卡片，就好像它是个大核桃，把它抱到一个僻静的旮旯里去，在那儿静静地咀嚼这份精神食粮，时而抿动嘴唇，作出无声的品评，有批评性的、有满意的、有困惑不解的，时而又扬起他那两道稀疏的眉毛，久久地高高吊在宽脑门上，干脆把它忘在那儿啦，一直要等到脸上不愉快或怀疑的痕迹全部消逝之后，那两道眉毛才安然落下。他来到温代尔，的确很幸运。九十年代有一位杰出的斯拉夫语研究家兼藏书家，名叫约翰·索斯顿·陶德（他那个带胡子的半身雕塑如今屹立在那个饮用喷泉的上方），访问过殷勤好客的俄国，在那儿收集了大批书籍，自从他去世之后，那批书就悄悄地给挪到一个老远的书架那边去了。普宁为了避免让铁书架上的 amerikanski[2] 电流冷不丁刺一下，他会戴上橡皮手套走到那边去，贪婪地盯视那些出版物：其中有咆哮的六十年代出版的不知名刊物啦，都用云纹硬纸板精装了起来；一百年前的历史专著啦，沉睡的书页上都有了褐斑霉点；俄罗斯古典文学著作啦，精装的封面上装着作者满面愁容、糟透了的浮雕，那些诗人的侧身像叫两眼湿

1 法文，正史。

2 用拉丁字母转写的俄文，美国的。

润的铁莫菲想起他的童年，那时候他可以悠闲自在地摸摸封面上那把稍微磨损了点的普希金的连鬓胡子，或者茹科夫斯基[1]的那个弄脏了的鼻子。

今天，普宁在看考斯特伦斯考伊那部关于俄罗斯神话的大部头著作（莫斯科，一八五五年版）——一部不得携出图书馆的善本书，他叹口气，并非不愉快，开始抄录其中一段有关当时伏尔加河上游林地一带还流行的、基督教仪式许可范围内的、那种古老的异教徒游戏。在五月里一个过节的星期——降灵节[2]前后的那个所谓的“绿色周”里——农村姑娘用金凤花和野生兰花编制花环；然后她们唱着古老的爱情歌曲的片段，把这些花环挂在河边柳树上；到降灵节那天，再把它们从树上摇晃下来，掉进河里，花环便散开来，像许多条蛇一样漂流着，姑娘们也同时一边漂流，一边唱歌。

普宁蓦地联想到有那么一段妙句，描写得跟这种情景极其相似，可一时又记不起来，他只好在他那张索引卡片上注了一笔，又回过头来看考斯特伦斯考伊那部大作。

普宁再一次抬起眼睛的时候，已经是晚饭时分。

他摘掉眼镜，一边拿着它，一边就用指关节揉揉疲倦的眼睛；脑子里还在思索，两眼温和地凝视着窗户上方，随着沉思

1 Vasily Andreyevich Zhukovsky（1783—1852），俄国浪漫主义诗人，普希金的好朋友。

2 Whitsuntide，复活节后的第七个星期日。

渐渐消逝，那儿出现了紫蓝色暮霭，经天花板上的日光灯一折射，又增添了一缕银边，另外在那些黑蜘蛛网的细纹路当中还反映出一排亮晃晃的书脊。

在离开图书馆之前，他决定查一查 interested[1] 这个词正确的发音，于是从阅览室一张桌子上放着的《韦氏大辞典》，至少是在那部陈旧的一九三〇年版本里，发现这个词并没有像他那样把重音放在第三个音节上。他想找一下后面有没有勘误表，结果没找到，接着在把那部沉重的辞典砰的一声合上的时候，才发现他方才一直拿在手里的那张记有摘记的索引卡片不小心夹在里面不知什么地方了。得在两千五百张薄薄的书页里翻来覆去地找啊找，有些书页还破烂了！一位图书馆员，温和的凯斯先生，梳着光溜溜的白头发，打着蝴蝶结领结，瘦长条，粉红脸，听到他的叹息声，便溜达过来，揪住那个庞然大物的两头，把它拎起来，再倒转过来抖一抖，于是便从里面泻出一把小梳子啦，一张圣诞卡啦，普宁的摘记卡片啦，还有一张透明的薄纱纸十分无精打采地掉在普宁的脚上，凯斯先生把它捡起来，放回到辞典里美利坚合众国和海外领地印记图那一页上面去。

普宁把他的索引卡片放进兜儿里，就在这瞬间未经提词，忽然想起方才记不起来的那句词句：

---

1 英文，感兴趣。

... plīla i pela, pela i plīla ...[1]

……她一边漂浮一边歌唱，她一边歌唱一边漂浮……

没错儿！奥菲利娅之死！《哈姆莱特》！出现于安德烈·克隆涅别尔格[2]一八四四年又好又古的俄译本——普宁少年时代喜爱的读物，也是他爸爸和他爷爷年轻时喜爱的！在那里面，就跟考斯特伦斯考伊那段文章里一样，我们记得也有柳树，也有花环。可到哪儿去核实一下呢？唉，陶德先生没有得到 *Gamlet* Vil'yama Shekspira[3]，温代尔图书馆也因而没收藏，每逢逼得您只好靠英译本查点东西时，您绝对找不到您从文格罗夫[4]编辑的克隆涅别尔格精装的原著里读到的、一辈子也忘不掉的这句或那句漂亮、崇高而洪亮的句子[5]。真可悲！

在这阴郁的校园里，天色渐渐暗得可以了。远方更加阴郁的山峦上空，一层云雾下面，还留着一片玳瑁般的天色。温代尔村那些叫人伤感的灯光，在暗沉沉的山峦间的一个山坳里闪

---

1 见莎士比亚《哈姆莱特》第四幕第七场。引文系用拉丁字母转写的俄文。

2 Andrey Ivanovich Kroneberg（1814—1855），俄国批评家和翻译家。他译的莎士比亚《哈姆莱特》《第十二夜》《无事生非》《麦克白斯》等剧本，深受大批评家别林斯基的称赞。

3 用拉丁字母转写的俄文，威廉·莎士比亚《哈姆莱特》。

4 Semen Afanasevich Vengerov（1855—1920），俄国文学史家、目录学者，曾为勃罗克加乌兹与叶弗隆出版社编过伟大作家名著丛书，其中包括莎士比亚、莫里哀、拜伦、普希金等人的多卷本全集。

5 此处作者在说俏皮话。莎士比亚原著是用英语写的，普宁因英语程度太差，所以他觉得原著反而不及俄译本精彩。

闪颤动，装模作样地显露它们惯常的魅力，而普宁知道得很清楚，等您到了那边就会发现那地方不过是一排砖房、一个加油站、一个溜冰场和一个超级市场罢了。普宁要到图书馆巷那家小酒馆去吃一大块弗吉尼亚火腿，喝一瓶上好的啤酒，他走啊走的，突然感到累极了。不光是因为多跑了一趟图书馆，那一大卷《文学金库》显得越来越沉了，还有普宁当天听到一半而不愿刨根问底的那件事，这当儿也惹得他心烦意乱，十分懋闷，这种烦恼就跟我们回想起自己所犯的小错儿啦、一时任性作出的粗鲁举动啦，或者决计不去理睬的一种威胁一样。

七

普宁不慌不忙地喝他的第二瓶啤酒，心里盘算着下一步该干什么，或者毋宁说这当儿出现了两个普宁，一个最近一直睡得不好、头脑昏眩而想休息，另一个学而不倦、心想像平素那样回到家里继续看书、一直熬到深夜两点那班货运列车呜呜鸣笛驶进溪谷时为止，因此他正在这两者之间进行协调。最后，他决定去出席一次晚会，然后就马上回家睡觉，晚会是热心肠的克里斯托弗和路易丝·斯塔尔夫妇每两星期一次于星期二在新楼主办的，节目都是一些比较高雅的音乐和难得看到的电影，波尔院长在回答去年某些荒谬的批评时，把这些节目称之为“也许是整个学院区最激动人心、最富于灵感的大胆尝试”。

这当儿，那卷《文学金库》躺在普宁的大腿上面。他左边坐着两个印度学生，右边是哈根教授的女儿，一个主修戏剧的顽皮姑娘。谢天谢地，考玛洛夫坐在后排老远的地方，正在说些压根儿就没叫人感过兴趣的话。

第一部分节目是三部老掉牙的短片，使我们这位朋友感到十分厌烦：那根拐棍儿啦、那顶圆顶硬礼帽啦、那张白脸啦、那对拱起来的黑眉毛啦、那个抽搐的鼻子啦，对他来说一点意思都没有。那位无与伦比的喜剧演员，不管是在阳光下跟一些戴花冠的仙女在一个等着扎他的仙人掌旁边一块儿跳舞也好，还是装扮成一个史前野人也好（一根柔软的粗棒子这时代替了那根柔软的拐棍儿），或是在一家闹哄哄的夜总会里让粗壮的麦克·斯温怒目瞪视着也好，都不能使老派而缺乏幽默感的普宁动心。“小丑，”他哼了一声，“连格鲁比什金和马克斯·林达[1]过去都表演得比他更滑稽。”

第二部分节目是一部给人留下深刻印象的、四十年代末期拍摄的苏维埃文献纪录片，据说不带一丁点儿宣传色彩，而是纯艺术，一片欢乐，骄傲的劳动欣快感。不打扮的漂亮姑娘在一个古老的春季节日里，打着写有“Ruki proch ot Korei”[2]“Bas les mains devant la Corée”[3]“La paz vencera a la guerra”[4]“Der Friede besiegt den krief”[5]这类老俄罗斯民谣的只言片语的横幅标语，在街上游行。一架空中救护飞机飞越塔吉克斯坦一座积雪的山脉。吉尔吉斯的演员们访问一所坐落在棕榈树丛里的煤矿工人疗养院，在那儿自发地表演了一场。传奇般的奥塞梯[6]某山地牧场，一个牧人用手提无线电向当地共和国农业部报告生了一头小羊羔。莫斯科地铁，连带里面的圆柱和雕像，闪闪发光，

1 Max Linder（1883—1925），法国喜剧演员、无声电影之父，卓别林深受其影响。

2 用拉丁字母转写的俄文，把爪子从朝鲜缩回去。

3 法文，不许干涉朝鲜。

4 西班牙文，和平将战胜战争。

5 德文，和平战胜战争。

6 Ossetia，格鲁吉亚境内的自治州。

六名大概要上车的乘客坐在三张花岗石的长凳上。一个工人家庭，个个穿着盛装，坐在起居室一个大的丝灯罩下面，度过一个安静的夜晚，房间里还有香味呛人、当摆设的花卉。八千名足球迷在观看鱼雷队和发电机队进行的一场球赛。莫斯科电器厂八千名公民一致同意提名斯大林为莫斯科斯大林选区的候选人。最新型的吉姆牌大旅游车载着该厂工人家属和另外一些人到郊外去野餐。还有——

“我不该，我不该，唉，真荒唐，”普宁嘟囔道，觉得自己的泪腺排出无法加以控制的、孩子气的热液，简直叫人不可理解、荒唐、丢人。

一片俄罗斯原始森林圈住了那个漫步者，林中雾霭朦胧，阳光宛如一支支冒烟的箭杆，投射在棵棵白桦树之间，它沐浴着悬垂的树叶，树皮上展现闪亮而颤动的孔眼，它照晒着苍翠的长草，在淡花盛开的野生樱桃的树丛阴影里闪烁发亮，使蒸气慢慢腾起。阻碍来自林中的一条旧道，两旁是松软的垄沟，一路上长满连绵不断的蘑菇和雏菊。那位漫步者疲累地返回他那不合时代的住处，脑子里依然想着那条森林里的小道，他又变成当年腋下夹着一本书、穿过森林的小伙子；接着那条道路伸向一片时间无法磨灭的、富有浪漫气息的、自由而灿烂的原野（几匹骏马甩着银色鬃毛，在高高的花丛里欢腾奔跑）。这当儿，普宁已经舒舒服服地躺在床上，昏昏欲睡，两个闹钟，一个拨到清晨七点半，一个拨到八点，在床边小桌上滴答滴答地响着。

考玛洛夫身穿蔚蓝色的衬衫，弯腰在调整一把吉他的琴弦。一个生日宴会正在进行，沉着的斯大林砰的一声把他的选票投进选举政府执绋人的投票箱里。战场上，旅途中……汹涌的波涛中，或是温代尔……“妙极啦！”布多·冯·法特恩弗斯博士搁笔抬头说。

普宁几乎就要堕入温柔的梦乡，忘却一切，忽然外界发生了一桩可怕的事儿：一尊雕像为了一个裂了的铜轮子，拧紧眉头，哼哼唧唧，吵吵闹闹地小题大做——普宁蓦地惊醒，一道大篷车的亮光和几个隆起的黑影掠过窗帘。外面有辆汽车砰地关上车门开走了。一把钥匙在开这座单薄脆弱、一半透明的房子的大门，接着传来三个人叽叽喳喳的说话声；整座房子，连普宁那扇房门下面的隙缝那儿，都一下子亮了。别是发高烧啦，别是传染病发作啦。普宁没戴假牙，穿着睡衣，惊恐不安而又孤弱无援，耳边听到一个手提箱让人轻快而嗵嗵磕磕地拖上楼梯，还有一个熟门熟路的年轻人的脚步声，紧接着连呼哧呼哧的喘气声都听得见了……真格的，要不是伊莎贝尔的母亲及时一声喝止，那种如同从沉闷无趣的夏令营返回家中而自然而然出现的欢乐心情，确实会叫伊莎贝尔一脚踢开——普宁房间的——那扇门。

第四章

一

那位国王，他的父亲，身穿一件很白的圆领运动衫和一件很黑的运动夹克，坐在一张宽大的书桌前，光溜溜的桌面映出他上半身的倒影，使他跟扑克牌那张“国王”的样儿十分相像。大屋子里镶嵌木板的墙上挂满了祖先们的肖像，黑乎乎的一大片。要不然，这间屋子倒也跟他想象中的那座王宫西边三千英里以外、坐落在大西洋海滨的圣巴托[1]学校的校长书房很相似。春天强劲的雷阵雨一个劲儿抽打着落地长窗，窗外刚茁生的青枝绿叶的所有嫩芽都在颤动，滴着雨水。好像只有这场滂沱大雨才使这座王宫跟那场震撼这个城市多日的革命隔离开来，让它得到了保护似的……实际上，维克多的父亲只是个脾气古怪的流亡医生，孩子压根儿就不怎么喜欢他，而且几乎有两年没见到他了。

那位国王，他那更善于辞令的父亲，决定不退位。报纸都停刊了。那趟满载着过路乘客的东方列车，困在郊外一个车站，许多衣着别致的农民站在月台上，身影映在水潭里，目瞪口呆地瞧着这一长串神秘列车上遮了窗帘的窗户。那座王宫和

1　St. Bart，圣巴托罗缪的简称。

它的梯田花园啦，那个坐落在壮丽山峦脚下的城市啦，那个不管天气多坏都有群众聚集在那里要求国王退位、跳起民间舞蹈的大广场啦，全在一个十字路口的中心，从那儿分出去的支路就像《兰德·麦克纳莱氏简便世界地图册》里所标示出来的那样，终点分别在的里雅斯特[1]、格拉茨[2]、布达佩斯[3]和萨格勒布[4]。就在这个中心的中心坐着那位国王，面色苍白而沉静，总的来说跟他儿子的长相一模一样，后者想象自己四十岁时就会是那副尊容。国王，面色苍白而沉静，手里端着一杯咖啡，背朝着那扇又绿又灰的窗户，正在听一位戴面具的信使汇报情况，他是一个穿着一件湿漉漉的大氅、肥肥胖胖的老贵族，刚刚想方设法从那座被围困的议会大厦里出来，穿过叛乱的人群，淋着大雨来到这座被孤立起来的王宫。

“退位！离那可还远着呐！”国王带点乡音，冷漠地嘲讽道。“答复是办不到。我宁愿采取尚待决定的流亡步骤。”

国王是个鳏夫，一边说，一边瞧着桌上摆着的一个已故的漂亮女人的照片（那是一幅并不适合国王摆设出来的、上了彩的照片，不过这也没多大关系），瞧着她又大又蓝的眼睛和艳红的嘴唇。窗外骤然提早开花的丁香，像是一些没让晋见的戴

1 Trieste，意大利东北部港口城市。

2 Graz，奥地利城市。

3 Budapest，匈牙利首都。

4 Zagreb，克罗地亚城市。

面具的人，狂乱敲打滴水的窗格玻璃。老信使一面鞠躬，一面倒退出这间荒凉的书房，心里暗自盘算最聪明的一着是不是趁早撇下历史不管，赶紧逃往维也纳，那儿他还有些财产呐……当然，维克多的亲妈并没死，她离开了他那个（现今住在南美洲的）平庸的爸爸埃里克·温德大夫，正打算在布法罗[1]嫁给一个名叫邱尔契的男人。

维克多在他住的那间冰凉的斗室里，听得见宿舍里种种乱哄哄的响声，夜夜沉浸在这种奇思遐想中，尽量想法让自己入睡。他一般不轻易幻想到那段紧要关头的逃亡插曲：孤独的国王——solus rex[2]（正如国际象棋排局的设计者这样称呼陷入困境的国王）——在波希米亚海岸风暴岬的沙滩上踱来踱去，等待一位兴致勃勃的美国冒险家佩希威尔·布莱克，他答应用一艘大马力的汽艇来搭救他。真格的，维克多尽量不马上想到这段既惊险而又起抚慰作用的插曲，拖延它的诱惑力，让它像往常那样在反复幻想的高潮中才出现，这样就构成主要的催眠效果。

一部在柏林拍摄给美国观众看的意大利电影，里面有一个多重性的密探，穿过陋巷、废墟和一两家妓院，追逐一个身穿皱里吧唧的短裤、狂暴的小伙子；邻近的圣玛莎女子学堂最近

1 Buffalo，纽约州西部城市。

2 拉丁文，孑然一身的国王。

上演了一出根据小说《红花侠》[1]改编的剧本；一位有着不可告人的经历的忧郁的英国人潘南特先生，在课堂里高声朗诵一位匿名作家在 cidevant[2] 先锋派刊物上发表的一篇卡夫卡式的故事；另外还有并非不重要的事，就是几家人家经常含蓄地提到三十五年前俄罗斯知识分子从列宁政权下逃亡出来的零星情况——这些都明明是维克多胡思乱想的资料源泉，很可能在某一段时期里挺感动人，而现在显然已经变得就像一种简便而令人愉快的麻醉品那样起到实际作用了。

---

1 *The Scarlet Pimpernel*，匈牙利裔英国女作家奥尔齐（Baroness Orczy，1865—1947）一九〇五年写的一部关于法国大革命的惊险小说。书中男主人公、年轻而浮华的英国爵士珀西·布莱坎奈，化名为“红花侠”，搭救受难的法国贵族。

2 法文，过时的。

二

他现在十四岁，看上去却显得大两三岁——这并不是因为他身材瘦长、近六英尺高的缘故，而是因为他那长得不好看、轮廓却很鲜明的相貌带着一种与世无争的和蔼神气，举止悠闲自在，一点儿也不显得笨手笨脚或者神经紧张的缘故，这种神情非但不失沉着稳重，反倒使他的腼腆增添了一点开朗的气息，沉静的举止流露出一种超然自若的气派。他的左眼下面长着一颗褐色的痣，差不多有一分的钱币那么大，越发使他的脸蛋显得苍白。我觉得他谁也不爱。

至于他对母亲的态度，孩提时代那股热烈的感情早已换成微妙的迁就。她用流利而浮夸的纽约英语，带着刺耳的鼻音和一时疏忽而漏出来的浓重的俄语腔调，当着他的面给陌生人讲些招他们乐的故事，而那些故事他不晓得听过多少遍了，不是被她添油加醋地肆意渲染就是毫不真实可靠，每逢遇到这种时刻，他只好暗自长叹一声，顺从命运的摆布而别无他法。还有些时候更叫人难堪，那就是毫无幽默感的书呆子埃里克·温德大夫，认为自己（在一家德国中学学到的）英语完美纯正，会在那些陌生人当中吐出一句陈旧可笑的短语，居然管海洋叫“池塘”，脸上那副诡秘的神情仿佛表示给他的听众说了句难得的、极富风趣的方言似的。父母两人以他们精神治疗学家的资格，竭力装扮成拉伊俄斯[1]和伊俄卡斯特[2]，但那个孩子却证明是个很平庸的小俄狄浦斯[3]。为了不把弗洛伊德那套时髦的（父、母、子之间的）三角恋搞得复杂化，丽莎的头一任丈夫压根儿就没被提起过。一直到温德夫妇的婚姻关系开始破裂，维克多进入圣巴托学校时，丽莎才告诉孩子她在离开欧洲之前是普宁太太。她还对他说她这位前任丈夫也移居到美国来了——说真的，他不久就会跟维克多见面啦；丽莎（睁大她那双喜气洋洋的长着黑睫毛的蓝眼睛）婉转提到的一切，总是带着一层神奇而迷人的外衣，于是那位在圣巴托学校西北三百英里以外的著名的温代尔学院教一种几乎已经死亡的语言的、了不起的学者和绅士铁莫菲·普宁的形象，就在轻信的维克多头脑里产生一种古怪的魅力，他想象他长得一定像那些保加利亚国王或地中海一带的亲王，是他们的亲属，而且那些王公贵胄往往还是收集蝴蝶和海洋贝壳的世界知名专家咧。所以，普宁教授跟他开展严肃而有礼貌的通信时，维克多感到高兴；头一封信普宁是用漂亮的法文写的，不过字打得很差劲。接着是一张灰松鼠画面的明信片。这是一套《我们的哺乳动物和鸟类》的教育明信片当中的一张；普宁买了一整套专为这项通信用。维克多高

1　Laius，古希腊传说中的底比斯国王，后被其子俄狄浦斯所杀。

2　Jocasta，古希腊传说中的底比斯王后。

3　Oedipus，古希腊传说中的底比斯王子，曾解怪物斯芬克斯的谜，后误杀父亲，并娶母亲，发觉真相后自刺双目，流浪而亡。

兴地由此认识到“松鼠”这个字起源于一个原意为“影尾”的希腊单词。普宁邀请维克多在下次假期来访问他，并且说他会在温代尔公共汽车站接他。“为了便于辨认，”他用英文写道。“我会戴一副墨镜，拎着一个黑色公事皮包，上面有我姓名的起首字母缀成的银色图案标记。”

三

埃里克和丽莎·温德都对遗传有一种病态的关切，他俩对维克多的艺术天才非但不感到高兴，反倒常常对这种遗传的起因忧心忡忡。艺术和科学确实在祖辈身上体现得相当活跃。维克多对颜料有一种强烈的兴趣，该不该追溯到汉斯·安徒生（并非那个枕边读物的丹麦作家）？这位安徒生曾经是吕贝克[1]的一名彩色玻璃画匠，后来由于他心爱的姑娘嫁给一个灰头发的汉堡珠宝商，一部蓝宝石研究著作的作者，也就是埃里克的外祖父之后不久，他就疯了（竟认为自己是座大教堂哩）。此外，维克多用铅笔和钢笔画出来的玩意儿，几乎精确得异乎寻常，这是不是包果列波夫的科学副产品呢？因为维克多母亲的曾祖父是一个乡间牧师的第七个儿子，不是别人正是独一无二的天才费奥菲拉克特·包果列波夫，他在最伟大的俄国数学家这个称号上只有尼古拉·罗巴切夫斯基[2]是个对手。这两点都叫人说不出个所以然来。

天才从不墨守成规。两岁时，维克多并不瞎涂乱抹地画些

---

1 Lübeck，德国北部城市。

2 Nikolay Lobachevski（1792—1856），俄国大数学家，非欧几里得几何学的创建人，曾任喀山大学校长，并被称为“几何学的哥白尼”。

螺旋圈儿来代表纽扣或窗眼，成百万的娃娃都那样画，为什么你不呢？他喜欢把他的圆圈画得溜圆，首尾衔接。一个三岁的孩子，让他临摹个方块，就先画个清楚的方犄角，然后便惬意地把剩下的轮廓全都画成波浪或圈圈；但三岁的维克多不光是以蔑视的准确性临摹了那位研究人员（丽莎·温德大夫）画的绝非理想的方块，而且还在临摹品旁边再画个小一点的方块。他压根儿就没经过一般儿童绘画活动的起步阶段，什么画个Kopffüsslers[1]（蝌蚪似的小人）啦，画个长着八字腿和斜叉子似的胳臂的矮墩子啦；真格的，他根本避免画人形，当爸爸（埃里克·温德大夫）非叫他画一画妈妈（丽莎·温德大夫）不可时，他就漂漂亮亮地画点波浪形的线条，说这是她在那个新冰箱上的影子。四岁时，他渐渐发展到画一种独特的点画。五岁，他就开始按透视法画物体——一面缩短得挺好的边墙啦，一棵按距离变矮的树啦，一样东西半遮住另一样东西啦。到了六岁，维克多就已经能辨认出许多大人从来也没学会辨别的东西——各种影子的颜色，一个橘子的影子同一个李子或鳄梨的影子之间色彩浓淡的区别。

对温德夫妇来说，维克多是个自己并不以为然的问题儿童。温德的观点是每个男孩都有一种想阉割父亲的强烈欲望，有一种想再回到母胎里去的思乡的强烈欲望。不过，维克多并

1　德文。

没有显露出任何不正常的行为，不挖鼻孔，不咂大拇指，甚至也不是一个啃指甲的孩子。温德大夫本人是个无线电爱好者，为了排除他称之为“私人关系之间的静电干扰”那类东西，就把这个固执的孩子交给研究所里一对局外人——年轻的斯特恩大夫和他那位笑眯眯的夫人（我是路易斯，这位是内人克蕾斯蒂娜）来进行一次心理测验。结果分数不是大得出奇就是零：这个七岁的被测验者在接受所谓的古都诺夫氏绘制动物测验时获得了相当于十七岁智力年龄的惊人成绩，可是在另一种弗尔威欧氏成人测验中却骤然降到两岁儿童的智力水平。为设计这些奇妙的测验方法，不知花费了多少心血、技能和创造力啊！有些病人竟然拒绝合作，简直太不像话啦！譬如，堪特－罗萨诺夫氏绝对自由联想测验，要求小乔或小简对一个像桌子啦、鸭子啦、音乐啦、病啦、厚啦、低啦、深啦、长啦、幸福啦、水果啦、母亲啦、蘑菇啦这类刺激性词汇作出反应。还有可爱的比埃弗氏那种兴趣与态度游戏（雨天的下午玩它，真可谓天赐之福），要求小赛姆或小露碧对一张单子上开列的诸如死亡啦、摔斤斗啦、做梦啦、旋风啦、葬礼啦、父亲啦、黑夜啦、手术啦、卧室啦、浴室啦、聚精会神啦，等等，凡是他或她感到有点害怕的，就在上面画个小记号；另外还有奥古斯塔·安格斯特氏抽象测验，要求小不点儿（das kleine[1]）用自己想出来

1　德文。

的词句来表达一系列专门名词（“呻吟”“喜悦”“黑暗”）的意思。当然还有洋娃娃游戏，给帕特里克或帕特丽夏两个一模一样的橡皮娃娃和一小块可爱的黏土，帕特得先把它糊在一个洋娃娃身上，然后他或她才开始玩。多漂亮的娃娃房子啊，那么多间屋子，还有许许多多精致的小玩意儿，包括一个并不比壳斗大的便壶啦、一个药柜啦、一把火钳啦、一张双人床啦，厨房里甚至于还有一副小小的橡皮手套哩；娃娃爸爸和娃娃妈妈关上卧室里的灯，你要是认为他在打她，就可以随心所欲，任意处置那个娃娃爸爸。但是，坏维克多不愿跟卢和蒂娜一块儿玩，不理睬那些娃娃，划掉了测验单子上所有的单词（这可违反了规则），却画起了不管怎么说都不能算低能儿画的画。

在那些挺美挺美的罗斯恰契氏墨水渍里，孩子们看到或者应该看到各式各样的东西，海景啦、太平梯啦、海角啦、低能的蛆啦、神经质的树干啦、色情的长统橡皮靴啦、雨伞啦、哑铃啦，等等，而维克多却没法发现丝毫使那些治疗学家感兴趣的东西。维克多随意的速写也没有一幅在纸上自动漫开并且反映所谓的曼陀罗[1]——这个词汇（在梵文里）恐怕是魔环的意思，荣格[2]博士等人常拿它来哄骗一些傻瓜蛋，形状是一个或多或少铺展开来的四重结构，就像半个剖开来的山竹果，要不像个十字架，要不像那辆行使磔刑的刑车，在那上面自我意识

1　mandala，即坛场，佛教中菩萨形象的画像及供奉菩萨像的洁净之地。

2　Carl Jung（1875—1961），瑞士心理分析学家。

像形体那样被分裂，要不说得更精确些，就像具有四个价的碳分子——脑子里那种主要的化学成分，被放大和反映在纸上。

斯特恩夫妇汇报说：“遗憾的是维克多在形象思维的想象力和词汇联想力方面的精神价值，被这个孩子的艺术偏爱搞得彻底黯淡无光了。”于是自此以后，温德夫妇便允许这个难以入睡、食欲不振的小病号在床上看书，一直看到深更半夜，而且回避清晨那顿麦片粥。

四

丽莎在安排孩子的教育这件事情上，曾经在两种欲望之间犹豫不定：一方面想让他得到现代儿童精神治疗最新的疗效，一方面又想在美国的宗教系统中找到最接近希腊正教那种优雅而健全的适意环境，那种温和的教会对人良心上的要求，与它所提供的慰藉相比，则显得微乎其微了。

小维克多起先进入新泽西州一家先进的幼儿园，后来在一些俄国朋友的忠告下，又转入那里的一家走读学校。那所学校由一个圣公会教士主管，他被证明是个聪明而有才华的教育家，对一些优秀儿童都有好感，不管他们可能多么古怪、多么淘气；维克多当然有点怪，却很文静。十二岁时，他进入圣巴托罗缪学校。

圣巴托学校是一八六九年在马萨诸塞州克兰顿郊外建立起来的，是一大片显得挺别扭的红砖房子。主楼占据大方院子的三面，另一面是走廊通道。尖角阁的门楼外面那堵墙上攀附着一层亮晃晃的美国常春藤，一个石头的凯尔特式十字架[1]多少有点头重脚轻地矗立在顶端。常春藤像马背上的鬃毛那样随风

1 Celtic cross，十字交叉处有圆环的十字架。

飘拂。人们原来天真地以为红砖的色彩随着时间的推移会变得越来越好看，哪知圣巴托学校又好又老的红砖却显得脏里吧唧的。在那看上去会有而实际上却没有回音的前门拱洞紧上面那块地方，也就是十字架下面，刻着一把匕首之类的玩意儿，意图是象征（维也纳弥撒书里记载的）圣巴托罗缪愤愤握住的那把屠刀，他是基督十二门徒之一，也正是这位使徒于公元六十五年前后的夏季在阿尔巴诺波里斯——今日俄国东南部的戴尔班特——被人活剥了皮，而且曝尸让苍蝇叮。后来他的棺木被一位狂怒的君主投入里海[1]，一路顺风漂流到西西里海岸外的利巴里岛[2]——这也许只是个传说，鉴于里海自从冰河时期以来就一直是个内海。作为这位先知的纹章的这把武器——很像一个尖头朝上的胡萝卜——下面有一块石碑，上刻金光闪亮的教文："拿心对天。"大门前的草坪上，总可以看到有位教员养的两条驯服的英国牧羊狗，须臾形影不离，在它们的世外桃源打盹儿。

丽莎第一次访问这所学校就对它的一切，从手球场和小教堂一直到走廊里的塑像和教室里挂着的教堂相片，都表示极大的赞赏。三个低班的全体学生被安排住的那几间宿舍都有带窗户的凹室，尽头有一间老师住的屋子。来校访问的客人没法不赞赏那座漂亮的体育馆。小教堂里的栎木椅子和椽尾小梁的屋

1 Caspian Sea，欧亚两洲之间的内海。

2 Lipari Island，西西里岛北面之岛。

顶也很招人喜爱，这座罗马式建筑物是一位名叫朱利叶斯·休恩贝格的羊毛商在半世纪前捐赠的，他是当年墨西拿[1]地震时遇难的那位世界闻名的埃及学家塞缪尔·休恩贝格的兄弟。校中有二十五位老师，校长阿奇博尔德·霍佩尔牧师每逢暖和天总穿着雅致的灰僧袍执行他的任务，而对一场正要把他轰走的阴谋却毫不知晓。

1 Messina，意大利西西里岛东北部海港，一九〇八年曾发生地震。

五

尽管维克多的眼睛是他至高无上的器官，但叫他意识到圣巴托学校平凡无奇则是靠他的嗅觉和听觉。宿舍里涂了油漆的朽木散发出一股发霉的臭烘烘的气味；夜间凹室那边传来伙伴们崩崩放屁的响声和一阵为了加强效果而配合的床铺弹簧的轧轧声；此外，清晨六点四十五分，钟声在通道里响得叫人头疼难熬。小教堂起棱的天花板上，那个吊在几根链条和链条影子里的香炉冒出一股偶像崇拜的香味儿；霍佩尔牧师一副圆润的嗓音，说起话来既粗俗又文雅，掺和得挺好；每个新入学的儿童都得背诵第一百六十六首赞美诗《我灵魂里的太阳》；体育馆更衣室里那个带轮子的篓筐散发出一股古老的汗臭味，里面装着公用的护身橡皮三角带——灰糊糊的一大团，你在运动之前还得想法从中解开一条来戴上，除此之外，从四个运动场传来阵阵狂喊乱叫声，又是多么刺耳和糟糕啊！

维克多的智商接近一百八十，几门功课的平均分数是九十，他在全班三十六名学生当中很容易就获得了第一名；说真的，他还是学校里三名最优秀的学生之一咧。大多数老师他都瞧不起，他只尊敬雷克老师一人，这位教员胖得惊人，眉毛浓粗，手上汗毛很重，在那些体格健壮和脸蛋红润（这两样维克多全不具备）的孩子面前显得有点窘。雷克就像一尊菩萨似的被供奉在一间干净得出奇的画室里，那与其说是间工作室，倒不如说更像画廊里的一间接待室。淡灰色的墙上很素净，只挂了两张图片，框子一模一样：一张是格特鲁德·凯赛贝尔[1]的摄影杰作《母与子》（一八九七）的复制品，沉思的天使般的儿童仰头朝上瞧（瞧什么呢？）；另一张是伦勃朗那幅《埃玛于斯香客》中基督脑袋那一部分的复制品，色调大同小异，眼睛和嘴的表情都与前一幅相同，不过画得稍微世俗了一点。

雷克出生在俄亥俄州，曾在巴黎和罗马学习，在厄瓜多尔和日本教过书。他是一位公认的艺术专家，可他在过去十个寒暑干吗要销声匿迹地躲在圣巴托学校里，则叫人百思而不得其解。他虽然具有天才那种怪癖，却缺乏独创性，对这点他也很有自知之明；他画的油画看上去总像临摹得很巧妙的作品，可您又说不上他到底是在模仿谁的风格。他熟悉各式各样的技巧，他不计较"学派"和"潮流"，他讨厌冒充内行的人，他深信过去那种具有透明感的文雅水彩画同今日譬如说那种老一套的新造型主义或者平庸的非客观派绘画之间其实没有多大区别，关键在于个人的天才——这些观点使他成为一名古怪的老师。校方对雷克的教学方法和效果都不特别满意，可是如今时兴教员队伍里至少应有一位出名的怪物，所以就一直把他留

1 Gertrude Käsebier（1852—1934），美国女摄影师。

住。雷克讲授了许多很有趣的学问，其中之一是太阳光谱的色彩顺序并不是定规的循环，而是一种螺旋晕，从镉红和橙色通过锶黄和淡草绿到钴蓝和紫色，随后并不按顺序渐次复归红色，而转入另一螺旋晕，从一种薰衣草灰色开始一直到灰姑娘的地下室那种阴暗色，超越了人的视觉范围。他讲课时还说，什么艾希堪派[1]啦、加什-加什派[2]啦、康康派[3]啦都根本不存在。那种用绳子、邮票、一张左派报纸和鸽子爪印制造出来的艺术作品，是根据一系列枯燥无味的陈词滥调创作的。再也没有什么比妄想狂更无聊、更资产阶级化了。达利其实是诺曼·罗克威尔[4]的孪生兄弟，婴孩时期被吉卜赛人拐走了。凡·高是个二流画家，毕加索尽管有商业化的癖好，仍然是了不起的；如果德加能使一辆 calèche[5] 永垂不朽，维克多·温德何尝不可以对一辆汽车也如法炮制一下呢？

办这类事也许有一种法子，那就是把景致嵌进汽车。一辆光亮的黑轿车是个好对象，如果是一辆停放在一条林荫道十字

1 Ashcan School，垃圾箱画派，对二十世纪起源于美国费城的“八人画派”的蔑称，该画派以描绘大城市风光和日常生活为特点。

2 Cache Cache School，可能是一个标榜主题隐晦的画派，因为 cache-cache 是捉迷藏的意思。

3 Cancan School，以跳康康舞（原为一种快速活泼的舞会舞蹈，一八三〇年传入法国，十九世纪末常在舞厅、酒吧间演出，女演员身穿肥大的裙子，以掀裙高高踢腿为特征）的演员为创作题材的画派，亨利·德·图卢兹-劳特累克是其代表人物。

4 Norman Rockwell（1894—1978），美国卓越的现实主义画家，作品多描述社会生活，具有浓厚的生活气息。

5 法文，敞篷四轮马车。

路口上的车子，选定的日子是一个有点阴沉沉的春天，空中浮现鼓鼓囊囊的灰云和阿米巴形状的蓝斑，比静静的榆树和迂回的人行道似乎形状更鲜明，那就更理想了。先设想把那辆车拆散，化为曲线和平面，然后根据自己的思考再把它拼凑起来。这样每一部分都会变了样：顶盖上面会显现颠倒的树木，枝丫模模糊糊，仿佛植根在拍得太淡的相片的天空里，一座鲸鱼般的楼房在旁边浮游——随后想到了建筑物；车篷有一面会镀上一层浓重的天蓝钴色；后窗玻璃外层上会映出黑树枝织成的最精致的图案；挡板前展现出一片荒凉非凡的景致，一片扩展开来的地平线，这儿有座远处的房屋，那儿有棵孤零零的树木。雷克把这种摹拟和综合的过程称为人类制成品所必需的"回归自然化"。维克多在克兰顿的大街上可以找到一辆合适的汽车作为标本，围着它转来转去。太阳突然被乌云半遮，却还耀眼，同他在一起。维克多在那儿沉思冥想，剽窃现实时，再也找不到比太阳更好的同谋了。在那块铬板上，在那闪着阳光的前灯玻璃边缘上，他会看到大街和自己的影像，五百年前凡·艾克[1]、彼得勒斯·克莱斯图斯[2]和梅姆林[3]常在极特别、极奇妙的小凸镜里绘制室内景致（包括微小的人物），把愠怒的

1 Jan van Eyck（1390—1441），佛兰德画家，著名的作品有祭坛装饰画《神秘的羔羊》等，所绘的细节，技术的完美，给人一种逼真的感觉。

2 Petrus Christus（约 1410—1473），佛兰德画家，作品主要为宗教题材。

3 Hans Memling（约 1430—1494），佛兰德画家，著名作品有《培萨塔出浴》《老妇》等，在他笔下，人物因为信仰坚定而有一种特别安静的气息。作品多半是供在祭坛上或小圣堂里的图画。

商人或家庭主妇背后的东西绘制得详尽无遗，维克多现在所看到的景致就可以跟他们所画的微观世界相媲美。

维克多还为最近一期校刊撰写了一首论画家的诗，登载在那位化名为穆瓦内的画家所绘的一幅画的对页上，诗上面还有一句箴言："恶劣的红色应避免使用，即使是精工监制的也仍然是恶劣的。"（摘自一部论绘画技巧的古书，不过却有政治警句的涵义）那首诗的起首是：

列奥纳多[1]！疑难杂症
冲击着掺铅的茜草红：
你把蒙娜丽莎的嘴唇画得那么红
现在却变得修女般苍白。

他一心想学那些古老的大师的做法，用蜂蜜啦，无花果汁啦，罂粟油啦，粉红的蜗牛黏液啦，使他的颜料变得柔和些。他喜爱水彩，也喜爱油彩，但他惟恐彩色粉笔太脆，胶画颜料太粗糙。他像一个孜孜不倦的孩子那样耐心仔细地钻研他的原材料，就像那些画家的一名小学徒（这是雷克在想象呐！），短短的头发，亮晶晶的眼睛，在某一位伟大的意大利投影法画家的画室里，在一个琥珀和光亮的釉料世界里，连年累月地研

1 Leonardo，指列奥纳多·达·芬奇。

磨颜料。八岁时，他有一次跟他妈妈说他想画空气。九岁，他已经懂得用彩色渐次涂层而引起感官上的乐趣。隐秘的明暗配合法和半透明底彩的产物——优美的阴暗对照法，早已在抽象派艺术的牢房里，在可憎的原始派的济贫院里死去，可这跟他又有什么相干？他依次把各种不同的物体——一个苹果啦、一支铅笔啦、一个象棋卒子啦、一把梳子啦——放在一杯水的后面，然后通过那个玻璃杯仔细窥视：红苹果变成一条轮廓鲜明的红带子，同那半杯幸福的阿拉伯红海的水平线衔接起来。那支短铅笔如果倾斜就像一条具有某种画派风格的弯弯扭扭的蛇，如果垂直就变得奇胖无比——几乎像个金字塔。那个黑卒子如果动来动去就会裂成两个黑蚂蚁。那把梳子平着放，玻璃杯里就像充满了美丽条纹的液体，成了一杯斑马鸡尾酒。

六

在维克多预定来的那一天前夕，普宁走进温代尔大街一家体育用品商店，要买只足球。这个季节买它，可有点不合时令，不过店员还是给他拿出来了。

“不对，不对，”普宁说，“我不是要个鸡蛋、鱼雷什么的这类玩意儿。我要买一只普通足球那样的球。圆圆的！”

他用手腕和手掌比划出一个小型的地球。他在课堂里讲到普希金诗作呈现的那种“和谐的完整”时也常打这样的手势。

店员扬起一个手指头，默不出声地拿来一个足球。

“对啦，我要买的就是这个，”普宁带着庄严的满意表情说。

他拿着这只用牛皮纸包好、再用玻璃胶纸粘牢的货品，又走进一家书店，要买一本《马丁·伊登》。

“伊登，伊登，伊登，”那位个儿高、肤色黝黑的女掌柜一边快嘴重复着，一边用手直揉脑门子。“让我想想看，您别是要一本写那位英国政治家的书吧？对吗？”

“我指的是，”普宁说，“那位著名的美国作家杰克·伦敦写的一本著名的作品。”

“伦敦，伦敦，伦敦，”那个女人说，双手按住太阳穴。

她的丈夫，一位姓特威德的先生，爱写点有关时事问题的诗，手里拿着烟斗，过来解围了。经过一阵搜索，他从他那不很富裕的店铺的灰尘扑扑的家底子里找出一本老版的《狼的儿子》。

“恐怕，”他说，“小店只有这位作家的这本书啦。”

“怪事！”普宁说，“名声真是盛衰无常啊！我记得当年在俄国，人人——小孩子啦，大人啦，医生啦，律师啦——人人反复读他的书。这本不是他最好的作品，不过嘛，好啦，好啦，我就买它得了。”

回到他那年寄宿的住所，普宁教授就把球和书摆在楼上客房的书桌上。他昂起脑袋，仔细观察这两样礼物。纸包着球不像个样子，很不雅观，他就剥去包装纸。这样一来就露出漂亮的皮革。那间屋子又干净又舒适。中学生一定喜欢墙上那张雪球打掉一名教授的大礼帽的图片。床铺刚由女仆整理好；房东比尔·谢泼德老头儿已经从楼下上来过一趟，郑重其事地给台灯换了个新灯泡。一阵潮湿的暖风从那扇敞开的窗户强袭进来，人可以听见下面一条小河汩汩的流水声。要下雨了。普宁把窗户关好。

他在同一层楼上自己那间屋子里发现一张便条，是由电话传来的维克多一封简短的电文，说他整整要迟到二十四个小时。

七

维克多和另外五个孩子由于在阁楼里偷着抽雪茄而正被拘留在学校里，度过复活节一周假期里宝贵的一天。维克多易呕吐，鼻子也不爱闻这闻那（这两种毛病他都善意地向温德夫妇隐瞒了），其实并没真正参加抽烟，只苦着脸吸了两口；有好几次他都顺从地跟随他两个最要好的朋友——喜欢冒险、吵吵闹闹的汤尼·小布莱德和兰斯·博克，到那个严禁攀登的阁楼上去。穿过那个行李间，登上那个恰恰在屋顶下面窄过道里的铁梯子就到了。在这儿，楼房迷人而古怪的脆骨架就看得见、摸得着了，梁椽和木板啦，扑朔迷离的隔板啦，一块块阴影啦，还有那薄而脆的板条，脚一踩上去就陷进空当，使底下看不见的天花板上的灰泥扑扑脱落，发出劈劈啪啪的响声。这条迷津的尽头是尖角阁楼顶端的凹处，一个带顶篷的小平台，那儿有乱七八糟一大堆旧连环漫画书和新近的雪茄烟灰。烟灰被发现了，孩子们也招认了。汤尼·小布莱德是一位前任著名校长的孙儿，因为家中有事而特准离校：有一位多情的表亲在去欧洲之前想见他一面，可是汤尼明智地要求跟其他伙伴一起拘留在学校。

维克多在校时的校长，我前面已经提过，是霍佩尔牧师，一个黑头发、气色好、招人喜欢的庸庸碌碌之辈，得到波士顿主妇极大的赞扬。维克多和他的共谋犯同霍佩尔一家共进晚餐时，席间时不时会透露种种水晶般清晰的暗示，尤其是从声调甜美的霍佩尔夫人嘴里透露出来，她是个英国女人，姨妈嫁给了一位伯爵；牧师原本可能发慈悲，昨天晚上带六个孩子进城去看场电影，而不是让他们早早去睡觉。饭后，她亲切地挤了一下眼，叫他们赶快跟上那位正朝过道轻快走去的牧师。

老派的受托人可能觉得赦免一顿鞭打还是恰当的，霍佩尔在他那短暂而不出色的职业生涯中已经对一些特殊罪犯使用过一两次那种惩罚了；但最叫孩子受不住的是校长撇着红嘴唇发出来的刻薄的嘻嘻假笑声，那当儿他正在过道里停下来拿起一套折叠得方方整整的袍服——他的黑僧袍和白法衣；门口停着一辆旅行汽车，正如孩子们所说“扭住了处罚不放”，这位假模假样的牧师带领他们到十二英里以外的鲁贝恩一座冰凉的砖瓦教堂去观赏一场给稀稀拉拉的教徒上演的特邀宗教节目。

八

按理说，从克兰顿到温代尔最简便的办法是乘出租车到佛拉明汉去搭一班开往阿尔巴尼的快车，然后再搭朝西北方向驶去的慢车，经过一段很短的路程就到了；可是说实在的，这种最简便的办法是最不切合实际的。那两条铁路彼此是否有某种严重的宿仇，或者它们是否联合起来赏给其他运输工具一个公平的机会，都不得而知，反正永远存在这样一种局面：不管您怎样摆弄时间表，您在阿尔巴尼换车，至少也得等上三个钟头。

上午十一点有一班公共汽车从阿尔巴尼出发，下午三点左右抵达温代尔，可是这就得搭清晨六点三十一分从佛拉明汉开出的那班火车；维克多觉得他不一定能按时起床，于是就改乘稍晚一班开得相当慢的火车，赶上阿尔巴尼最后一班去温代尔的公共汽车，这样晚上八点半便可以安然到达。

一路上都在下雨。他到达温代尔终点站时，雨还淅淅沥沥下个没完。维克多生来有点神志恍惚，心不在焉，因此不管排什么队，他都一向站在紧末尾。他早就对自己这点毛病习惯了，就跟人慢慢对自己的视力差或者腿瘸习惯了一样。他由于个儿高便哈着点腰，并不急躁地跟着其他旅客鱼贯下车，踩到闪闪发光的柏油路上；旅客当中包括两位身穿半透明雨衣、臃肿不堪的老太婆，活像玻璃纸包着的土豆；一个七八岁的小孩，剃着小平头，长着凹陷娇嫩的后脖颈；一个身体呈现多角形的、怵怵怛怛的老瘸子，不要任何人搀扶，身子一部分一部分从车上慢慢下来；三个温代尔学院的女学生，穿着短裤，膝盖冻得通红；那个小孩的妈妈累得精疲力竭；还有其他一些旅客；最后就是维克多，拎着一个手提包，腋下夹着两本杂志。

在公共汽车站的拱廊里，一位皮肤带点棕色、头秃得挺彻底的男人，戴着墨镜，拎着一个黑色公事皮包，正在和颜悦色地伛着身子探询那个瘦脖颈的小孩，他呢，一个劲儿摇晃脑袋，手指着他的母亲，后者正等着她的行李从那辆“灰狗”的肚子里提出来呐。维克多腼腆而愉快地打断了这种认错人的局面。那位秃着棕色脑袋的绅士摘掉墨镜，慢慢直起腰来，朝上，朝上，再朝上，瞧高、高、高个儿的维克多，瞧他的蓝眼睛和棕里透红的头发。普宁颧骨上长得挺好的两块肉疙瘩鼓了起来，使他那晒得黝黑的脸变圆了；他的脑门，鼻子，甚至那对漂亮的大耳朵都投入了这一微笑。总的来说，这是一次叫人非常满意的会面。

普宁提议把行李暂存车站，两人先遛遛——要是维克多不怕淋雨的话（这当儿，雨正倾盆而下，柏油路面在哗哗响的大树下像山间小湖似的，在黑暗里闪闪发亮）。普宁心想，请孩子去一家小饭馆吃顿夜宵一定会使他高兴的。

“一路上还好吗？没遇到什么不痛快的事吧？”

“没有，先生。”

“很饿了吧？”

“不，先生。不特别饿。”

“我叫铁莫菲，”他俩在一家寒伧的老饭馆靠窗户的一张桌子前坐定之后，普宁说。“第二个音节照‘莫弗’[1]那样发音，浓（重）音放在末尾音节上，这里的元音照‘泼瑞’[2]那样发音，不过拖长一点。‘铁莫菲·巴甫洛威奇·普宁’，意思就是‘保罗之子铁莫菲’。当中那个源于父名的名字浓（重）音放在第一个音节上，后面可以一带而过，就成了铁莫菲·巴尔奇。我思想斗争了好久——咱们擦擦刀叉吧——最后决定你应该就管我叫铁姆先生，要么更短些，就跟我的一些要好的同事那样，干脆叫我铁姆好了。这当然是——你想吃点什么？炸小牛肉片？好，我也吃炸小牛肉片——这当然是对我的新祖国美国的一大让步，奇妙的美国有时叫我惊讶，但总是令人尊敬。一开始，我感到窘极了——”

一开始，普宁对美国人那种随意摆弄教名的轻松劲儿感到窘迫不堪：参加一次宴会，一杯带冰块的威士忌打头，许多杯掺点水的威士忌结尾，然后你就应该管一位阴阳怪气的陌生人

1 muff，笨蛋。

2 prey，牺牲品。

叫“杰姆”，他呢，也就永远管你叫“铁姆”。你要是第二天早晨忘了这个茬儿，管他叫埃弗雷特教授（对你来说，这是他的真名），这（对他来说）就是个极大的侮辱。铁莫菲·巴尔奇一回想起他在欧洲和美国的俄国朋友就很容易数出至少六十位好人儿来，都是从，嗯，一九二〇年起便跟他很熟了的，可他压根儿也没给他们改过名字，而是一直管他们叫瓦杰姆·瓦杰米奇啦，伊万·赫里斯多弗罗威奇啦，萨缪依尔·伊兹拉伊列威奇，等等；他们一遇见他，也洋溢着同样的热情，热烈地握手，称呼他的教名和父名：“啊，铁莫菲·巴尔奇！ Nu kak?（您好吗？）A vï, baten'ka zdorovo postareli[1]（哎呀呀，老弟，您可真的不再年少了）！”

普宁说个没完。他的谈话并没叫维克多感到惊奇，他听见过许多俄国人说英语，普宁把英语里的“家庭”这个词的头一个音节念得好像法语里的“女人”[2]那个词，这也没叫他见怪。

“我的法语比英语说得还要流利，”普宁说，“但是你——vous comprenez le français? Bien? Assez bien?Un peu?[3]”

“Très un peu[4].”维克多说。

“真遗憾，可也没有法子。我现在跟你聊聊体育运动吧。俄罗斯文学里首次对拳击运动的描写，我们发现是在米

1 用拉丁字母转写的俄文。

2 英语里家庭是“family”，法语里女人是“femme”。

3 法文，你懂法语吗？很懂？一般？一点儿？

4 法文，很少一点点。

哈依·莱蒙托夫的一首诗里。他生于一八一四年，被杀死于一八四一年[1]——挺容易记。至于对网球的描写，首次出现是在托尔斯泰的《安娜·卡列尼娜》这部小说里，有关年代是一八七五年。在我年轻的时候，有一天在那个跟拉布拉多[2]处于同一纬度的俄罗斯乡村，别人给我个拍子，叫我跟东方学家戈托夫切夫一家人打网球玩，也许你听说过他吧。我记得那是个美好的夏天，我们就打啊，打啊，打啊，一直打到十二个网球全都不见为止。等你老了，你也会无限缅怀往事的。”

“还有一种运动，”普宁一边接着说，一边往他那杯咖啡里猛加糖，“当然是槌球游戏。不瞒你说，我是槌球冠军哩。不过嘛，全国最时兴的娱乐活动当属所谓的‘gorodki’[3]，意思是‘小城镇’。你记得花园里一块地方和那种充满青春活力的气氛：我当年结结实实，穿着俄罗斯绣花衬衫，现在可没人玩那种健康的运动喽。”

他吃完炸小牛肉片，又接着谈这个话题：

“你在地上，”普宁说，“画一个挺大的正方形，在里边放一排排的圆柱木，你知道，然后从远处朝它们投扔一根粗的曲棍，很硬，就像一个有长长的曲柄的飞镖——对不起——唷，幸好是糖，不是盐。”

1　莱蒙托夫一八四一年同退伍少校玛尔廷诺夫决斗而死。

2　Labrador，北美哈得孙湾与大西洋间的半岛。

3　用拉丁字母转写的俄文，既可作“小城镇”解，也可作“打捧游戏”解。这是一种用木棒把方块内圆柱击出的游戏。

“我如今依然听得见，”普宁说，一边拿起那个糖罐，一边对自己惊人的记忆力表示得意地摇晃起脑袋，“我依然听得见那喀哒一声响！你打中那排圆柱，它们一起飞向空中时发出的响声。你还没吃完那盘肉吗？不大喜欢吗？”

“好吃极了，”维克多说，“可我并不太饿。”

“噢，你得多吃，你要是想当一名足球运动员，更得多吃。”

“我恐怕不大喜欢足球。说实在的，我讨厌足球。我真的什么运动也不在行。”

“你难道不是一名足球爱好者吗？”普宁说，那张富于表情的大脸渐渐涌现出一股沮丧的神情。他撅起嘴唇。他张开嘴——可是啥也没说。他默不吭声地吃他那客香草冰淇淋，其实那里面并没有香草，也不是奶油做的。

“咱们现在去取你的行李，叫辆出租车吧，”普宁说。

他们一到谢泼德的住宅，普宁就领维克多进入起居室，连忙把他介绍给他的房东、学院运动场地前任主管比尔·谢泼德老头儿（他的耳朵已经全聋，有一只戴着一个白扣子似的玩意儿）和他的弟弟鲍勃·谢泼德，他新近由于嫂子去世而从布法罗赶来跟哥哥住在一起。普宁让维克多跟他们待一会儿，自己匆忙地嗵嗵上楼去了。这所房子结构脆弱，楼上劲头十足的脚步和那间客房的窗户霍然被推开的吱扭吱扭声，使楼下房间里样样东西都随着颤动起来。

“瞧那张画儿，”耳聋的谢泼德先生用一个指指点点的手指头指着墙上一幅邋遢的大型水彩画说，“再现了五十年前我老弟和我常去度暑假的那个庄园。这是我母亲的同学格蕾丝·威尔斯画的，温代尔那家旅馆就是她儿子查理·威尔斯开的——我确信宁博士[1]遇见过他——一个非常非常好的人。我已故的太太也是位画家。待会儿我把她的画儿也指给你看看。嗯，谷仓后面那棵树——你只能模模糊糊辨认出来——”

楼梯那边突然传来扑通一声可怕的响声：普宁下楼，脚踩空了。

“一九〇五年春天，”谢泼德先生冲那张画摆动着中指，“在那棵三角叶杨树下——”

他一转脸，发现他老弟和维克多都奔出了屋子，到楼梯口去了。最后几级楼梯可怜的普宁是出溜下来的。他仰八脚儿躺了一会儿，直翻白眼。他给搀扶起来。幸好一根骨头也没摔断。

普宁一边微笑，一边说：“这真像托尔斯泰那个了不起的故事——你哪天得读读，维克多——伊凡·伊里奇·哥洛温[2]摔倒了，结果腰子得了癌症。维克多现在跟我上楼吧。”

维克多拎着手提包，跟在他身后。楼梯平台那儿有一幅凡·高的《摇篮曲》复制品，维克多经过的时候冲它冷冷地点了一下头，表示认识它。从客房敞开的窗户望出来，外面

1 指普宁。

2 Ivan Ilyich Golovin，托尔斯泰小说《伊凡·伊里奇之死》中的主人公。

黑咕隆咚，雨啪哒啪哒打在芳香的树枝上的声音响彻整间屋子。桌上有一本包起来的书和一张十美元的钞票。维克多含着笑，向他生硬而友善的主人点头表示感谢。“把它打开吧，”普宁说。

维克多带着很有礼貌的殷切神情遵从了。然后，他就在床沿上坐下，一绺光滑而柔软的金棕色头发耷拉在右边太阳穴上，那条条纹领带垂在灰夹克外头，灰色法兰绒裤子里的两条粗大的腿劈着，他蛮有兴趣地把那本书打开。他想夸赞它一番——首先因为这是件礼物，再者他相信那是从普宁的母语译过来的一本书。他记得精神治疗研究所曾经有过一位来自俄国的耶考夫·伦敦大夫。很遗憾的是，维克多碰巧翻到一段有关育空[1]印第安族长的女儿萨琳斯卡[2]的情节那儿，便轻松愉快地误以为她是一个俄罗斯姑娘。“她那双大而黑的眼睛，又是害怕又是挑战似的怔望着她的同族人。她十分紧张，甚至连呼吸都忘了……”

“我想我会喜欢这本书的，”彬彬有礼的维克多说，“去年夏天，我读了《罪与——》，”他那一直微笑的嘴慢慢张开，打了个年轻人的呵欠。普宁又是爱怜，又是赞同，又是有点伤心地看到了丽莎在十五年、二十年、二十五年前参加巴黎阿尔贝

1 Yukon，加拿大西北部地区，和阿拉斯加毗邻。

2 Zarinska，杰克·伦敦《狼的儿子》的女主人公，一个印第安姑娘，她嫁给一个印第安人称之为狼的白人。

宁家或包里昂斯基家那些又长又欢乐的晚会后所打的呵欠。

“今天就别再看书啦，”普宁说，“我知道这是本很激动人心的书，可是你明天再反复读它吧。晚安。厕所就在楼梯那边。”

他跟维克多握握手，便朝自己的房间走去。

九

天还在下雨。谢泼德家的灯都灭了。花园后面那条阴沟里的水，往常总是涓涓细流，今夜则哗哗奔流，滚滚翻腾，劲头十足，在两排毛榉树和云杉当中把去年的枯枝烂叶和一个没人要的崭新足球冲走了，球是普宁从窗口扔出去处理掉的，刚从草坪斜坡滚进水里。他虽然背脊疼痛，最后还是睡着了，陷入俄国流亡者即使逃离布尔什维克已有三分之一世纪而脑际依然经常出现的那种噩梦中。普宁梦见自己披一件稀奇古怪的大氅，在乌云遮月的夜晚，逃离一个梦幻中的宫殿，蹚过一个个墨黑的大水坑，然后同他那个已故的朋友伊里亚·伊希多罗威奇·包里昂斯基在荒凉的海滩上踱来踱去，等待从茫茫大海那边突突地驶来一艘小船来神秘地搭救他俩。谢泼德哥儿俩躺在两张靠近的铺着“美憩”牌床垫的床上，都没睡着；老弟在黑暗中听着雨声，心想他们究竟该不该把这所房顶咚咚响、花园湿漉漉的住宅卖掉；老兄心里则在想安宁啦、一所教堂绿油油的湿院子啦、一座老农场啦、前几年让雷电劈了的那棵白杨树砸死了一个呆头呆脑的远亲约翰·海德啦。维克多破题儿第一遭脑袋一搁在枕头底下就睡着了——这可是一种最近想出来的办法，埃里克·温德大夫（坐在厄瓜多尔基多市里一个喷水池旁边的长凳上）是绝对学不会这一着的。一点半左右，谢泼德哥儿俩打起呼噜来了，那位聋子每呼一口气，结尾都带咯咯的声响，音量要比另外那位的朴实而沉郁的呼哧呼哧喘气声响得多。普宁还在那片沙滩上踱步（他那位焦急的朋友回家取地图去了），忽然间他身前出现一连串逼近过来的脚印，吓得他透不过气来，一下子惊醒了。他的背脊疼痛。现在已经四点多钟了。雨住了。

普宁长吁一声俄罗斯式的“噢—噢—噢”，辗转反侧，想找个比较舒适的睡姿。比尔·谢泼德老头儿噔噔噔地下楼上厕所，震得整座房子都快塌了，不一会儿又嗵嗵嗵地上楼回来。

没过多久，大伙儿又都入了梦乡。可惜没人看见大街上空荡荡的景象：黎明的微风吹皱一个大水洼里闪闪发光的积水，电话线在水面上映出模里模糊而曲曲折折的黑道道。

第五章

一

新英格兰有好几个美丽的州，其中风景最优美的一州有一座树木茂密的山，高八百英尺，名叫埃特里克峰，山上有个几乎很少使用的望塔——过去人们管它叫“展望台”，从这座塔的平台上，那些喜欢在暑期搜奇探幽的游客（栅栏上还模模糊糊留着他们用铅笔写下的名字，什么米兰达或玛丽啦，汤姆或杰姆啦）可以看到茫茫一片葱郁的林海，主要是枫树、毛榉、白杨和松杉。西边约莫五英里之处，露出一座白色教堂修长的尖顶，标志着昂克维多小镇的所在地，它的清泉一度闻名于世。北边三英里之处，在一座草丘脚下，河边那块空地上，人们可以辨认出一所华丽房子的尖角阁楼顶（这所宅邸名称繁多，或叫库克家，或叫库克大院，或叫库克城堡，或叫松邸——这是它最初的称号）。沿着埃特里克峰南边有一条穿过昂克维多镇继续朝东延伸下去的公路。远方是一块三角地带，许多条泥路和脚踩出来的羊肠小道在那边的林地里盘缠交错；另有一条多少有点斜里歪扭的、铺石子的农村小道把这一带圈起来，它从昂克维多镇起，朝东北方向迂回伸展，一直到达松邸，到达方才提到的那条长长的公路，到达一条短短蜿蜒的小河那里，而在那条河上，靠近埃特里克峰之处架着一座铁桥，靠近库克家架着一座木桥。

一九五四年一个闷热的夏天，玛丽或阿尔米拉，或者乃至于沃尔夫冈·冯·歌德，他的名字是一位老派的爱开玩笑的家伙刻在平台栅栏上的，可以看到从公路远远驶来一辆汽车，临近大桥之前，在迷宫似的道路上东探西试。它小心翼翼而又不大有把握地向前摸索行进，一改变主意便放慢速度，于是车尾就像一只后腿踢土的狗那样扬起一阵尘土。有时，对一个没有我们想象中的旁观者那样富于同情心的人来说，这辆闹不清用过多少年、半新不旧、蛋形的淡蓝色双门小轿车仿佛是由一个白痴在驾驶。其实，开车人是温代尔学院的铁莫菲·普宁教授。

那年年初，普宁就在温代尔驾校开始学习了，可按他自己所说“真正开窍”，还是在两三个月之后，那当儿他因为背疼不得不卧床休息，没事可干，就怀着浓厚的兴趣钻研那本由州长和另一位专家编写的四十页的《司机手册》，以及《美国大百科全书》里有关“汽车”那一章，其中附有变速器、汽化器和制动器的图片，还有一张格里顿旅游团的一名团员在一九〇五年左右开车陷在一条周围景色荒凉的乡村泥道里的照片。他躺在病床上，扭动脚趾头，扳动幻想中的车挡，这时，也就在这时，他才超越初步领略的似懂非懂的阶段，终于豁然开朗。而在实际上课的时候，那位粗暴的教练束缚了他的才能，哇啦哇啦吼叫一些技术行话，做出一些不必要的指导，转弯时老想从他手中把方向盘夺过去，没完没了地说些庸俗的下流话叫人分神，而惹得一个稳重聪明的学员恼火，因此普宁简直没法把他脑子里驾驶的车子同他路上驾驶的车子在感性上完全统一起来。现在这两方面终于融合在一起。如果说他第一次驾驶员考试失败，那主要是因为他跟监考员进行了一场不合时宜的辩论：他坚决认为车前车后，周围一个人影儿也没有，却要求人养成一种基本的条件反射，一遇红灯就马上刹车，人间再也没有什么比这种做法更叫一个有理性的大活人感到羞辱的了。第二次他比较谨慎小心，便通过了。一位选修他的俄语课程的毕业班学生玛丽安·霍恩，叫他没法推却，硬把她那辆很差的旧汽车以一百元的低价转让给他了：因为她就要嫁给一位拥有一辆更奢华的汽车的主人。从温代尔到昂克维多途中，他还在一家客店里住了一宿，走得慢腾腾，挺费劲儿，不过总算没出事故。在进昂克维多镇之前，他先在一家加油站前面停下来，下车吸一口乡间的新鲜空气。只见一片苜蓿地，天空白得叫人不可思议，从一个窝棚旁边的柴火堆传来一只雄鸡炫耀而间断的鸣叫——一位花花公子的歌声。这只喉咙稍显沙哑的家禽偶尔发出的声调，再加上那股扑扑吹在普宁身上寻求赏识和注意什么的暖风，骤然叫他想起过去一个朦胧的消逝了的日子，那时他还是彼得格勒大学一年级学生，来到波罗的海避暑胜地的一个小加油站前，嘈杂声啊、难闻的气味啊、哀愁啊——

“天有点闷热，”那位胳臂上汗毛挺重的加油员，一边开始擦挡风玻璃，一边说。

普宁从皮夹子里掏出一封信，打开附在信里那一小张油印的草图，向加油员打听从这儿到那个教堂有多远，因为从教堂向左拐就可以到达库克家了，那人长得跟普宁的温代尔学院同事哈根博士甭提有多像了——纯属巧合，就跟一个蹩脚的双关语一样乏味。

“哦，到那儿去嘛，倒是有一条近道，”假哈根说，“那条大道让卡车搞得一塌糊涂，况且弯来弯去，您也受不了。您现在就往前开，穿过小镇，出昂克维多五英里，靠左过了那条通往埃特里克峰的小道，临近大桥之前，见第一个弯就往左拐，那边有一条好石子路。”

他轻快地绕过车头，又从另一端用抹布猛擦挡风玻璃。

“您往北拐，然后见路口就往北拐——那些树林里有不少伐木的小路，您只消朝北走，准保十二分钟之内就到达库克家。没错儿。”

普宁现在已经在树林的迷魂阵里转悠了一个钟头，而且得出结论：“朝北走”，那个“北”本身对他其实一点意义也没有。他也没法解释，他，一个有理智的人，干吗要听一个偶然碰上的、爱管闲事的家伙的话，而不坚持照他的朋友亚历山大·彼得罗维奇·库克尼科夫（当地人管他叫亚尔·库克）邀他到他那所舒适的乡村大别墅避暑时给他寄来的学究气十足的明确指示走。我们这位倒霉的汽车驾驶员现在已经彻底迷了路，再也甭想回到公路上去了。他在两边有沟渠甚至有深谷的、车辙甚多的窄道上驾驶经验不多，因此踌躇不决，摸索前进，瞭望塔上的观望者也许会用怜悯的目光追随这种奇特的景象；可是在那凄凉而冷落的高处连一个人影儿也没有，仅有一只自顾不暇的蚂蚁，经过几小时愚蠢而坚韧不拔的努力，总算爬到平台和栅栏（他的 autostrada[1]）那里，跟下面那辆正在行驶的荒唐的玩具汽车几乎一样进退两难、走投无路。风住了。苍白的天空下面，那片茫茫似海的树篷好像没有遮蔽什么有生命的东西。可是，没多久突然传来砰的一声枪响，一根树枝崩上了天。那边的一片树林本来很安静，这当儿茂密的树梢开始摇曳，又是抖动又是颤栗，棵棵树木依次有节奏地晃动，过后一切又复归平静。没多大一会儿工夫，一切同时发生了：蚂蚁找到一根通往塔顶的垂直柱子，又开始鼓起新的热情向上攀登；太阳冒出来了；普宁在那顶顶绝望的时刻，发现自己居然来到一条石子路上，路旁有个指给过路人看的、生锈但还闪亮的路标："通往松邸"。

---

1 意大利文，供汽车高速行驶的公路干线。

二

亚尔·库克是旧教信徒的后裔，父亲是白手起家的莫斯科富商彼奥特·库克尼科夫，文学事业的赞助者、慈善家——这位著名的库克尼科夫在末代沙皇统治时期曾因资助一些社会-革命集团（主要是恐怖分子）而两次被监禁在一所还算舒适的城堡里，可是后来在列宁时期又被指控为“帝国主义间谍”而在一个苏维埃监狱里关了差不多一个星期后被处死。他的家属在一九二五年左右取道哈尔滨到达美国。年轻的库克靠埋头努力，聪明实干，再加上科学训练，逐渐在一家大化工企业里升到可靠的高职。他身体粗壮，友善安静，一张大脸毫无表情，正中间架一副小巧玲珑的夹鼻眼镜，一眼就能看出他是个什么样的人——一位商业经理，一名共济会会员，一个高尔夫球爱好者，一位既有成就而又谨小慎微的人。他讲一口极其准确而不矫揉造作的英语，只稍微带点斯拉夫口音；他是一位热情的主人，话不太多，目光闪亮，一手端着一杯冰镇威士忌苏打敬客；只在哪位交情深厚的俄国老朋友在他家做客到深夜时，亚历山大·彼得罗维奇才会突然讨论起上帝啦、莱蒙托夫啦、自由啦，发泄一通祖传下来的一系列不顾后果的理想主义观点，如果有位马克思主义者在一旁偷听，也会给弄得大惑不解。

他娶了苏珊·马歇尔，发明家查理·G·马歇尔的女儿，一个迷人而健谈的金发姑娘。人人都会想象亚历山大和苏珊必定会生许多健康的子女，因此一听说苏珊由于动过一次手术而终身不孕，我和别的一些好心人都不免大吃一惊。他俩还年轻，彼此以一种叫人瞧着舒坦的、老派的纯洁诚挚的感情相亲相爱，他们没有子孙可以聚集在他们的乡村别墅，因此每逢双数年份的夏季就搜罗一些老年俄国人（像是库克的父辈或叔伯辈）前来度假，单数年份则邀请一些 amerikantsï[1]（美国人）——亚历山大商界的朋友或者苏珊的亲友前来消暑。

普宁这是头一次到松邸来，我可来过了。人们可以发现许许多多俄国流亡者——一九二〇年前后离开俄国的自由派人士和知识分子——云集在这里。您可以在每一小块树阴下找到他们，有的正坐在土里土气的长凳上讨论流亡作家——蒲宁[2]啦、阿尔达诺夫[3]啦、西林[4]啦；有的躺在吊床上，用一张星期日的俄文报纸盖在脸上，一种防御苍蝇叮的传统办法；有的在廊子里就着果酱喝茶；有的正在小树林里一边散步，一边琢磨当地的菌能不能吃。

1　用拉丁字母转写的俄文。

2　Ivan Alekseyevich Bunin（1870—1953），俄国诗人及小说家，曾流亡于法国，一九三三年获诺贝尔文学奖。

3　Mark Aleksandrovich Aldanov（1886—1957），俄国小说家、传记家与散文家，一九一九年流亡法国，一九四一年移居美国。

4　Sirin，即纳博科夫本人，是他流亡欧洲时用的笔名。

萨缪依尔·罗夫威奇·施波里昂斯基，一位气派轩昂而稳重、个儿高的绅士和好激动、口吃且个儿矮的费奥多·尼基蒂契·波罗辛伯爵，都是一九二〇年前后在俄罗斯一些省份里为抵制布尔什维克专政而成立的英勇地方政府的民主组织成员，他俩如今正在松树林阴小道上溜达，讨论自由俄罗斯协会（他们在纽约建立的一个组织）下一次跟另一个成立较晚的反共组织举行联合会议时应该采取什么策略。从一个让洋槐树遮住一半的凉亭里传出教哲学史的布罗托夫教授和教历史哲学的沙多教授两人激烈辩论的只言片语："现实就等于持续不变，"一个声音会说，是布罗托夫嗡嗡的嗓音。"不对！"另一个会喊道，"一个肥皂泡跟一枚化石牙齿一样真实！"

普宁和沙多都是十九世纪九十年代末出生的，相对年轻些。别的男人大都过了六十岁，经历了人生的长途跋涉。另一方面，波罗辛伯爵夫人和布罗托夫夫人等几位女士都还没过五十，多亏新世界的健康气氛，不但保留了她们的美貌，而且叫她们长得更加俏丽了。有些父母带来了子女——他们都是进大学那个岁数的美国孩子，健康，高大，懒散，别别扭扭，不懂情理，不会俄语，对父辈们的背景和经历不管有什么优越之处一概不感兴趣。在物质和精神生活方面，他们在松邸也好像跟他们的父母迥然不同：他们偶尔会从自己的尺度瞬间转到我们的尺度上来，对一个很有意思的俄国笑话或者一句关切的劝告做出敷衍了事的反应，然后又跑开了，总是保持超然冷漠的态度（以致使人觉得简直生了一窝小精灵）；他们宁愿吃昂克维多店铺里的食物或任何罐头食品，而库克尼科夫家在挂帘子的走廊上大摆又长又热闹的筵席，端上来的俄式美味佳肴反倒不对他们的胃口。波罗辛有时会挺伤心地谈起他的子女（伊戈尔和奥尔嘉，学院二年级学生），“我这对双胞胎简直招人生气。当我在家里吃早点或者吃晚饭碰到他们的时候，尽量想给他们讲点最有意思、最激动人心的事——譬如，十七世纪俄国遥远的北方选举当地自治政府啦，或是俄罗斯第一批医科学校的历史啦——哦，对了，顺便提一下，契斯托维奇一八八三年曾经就此专题出版过一本很精彩的专著——他们就溜掉，到他们的屋子里去开收音机。”在普宁被请到松邸来的那个夏季，这两个年轻人都来了。但是，他俩从不露面；要不是奥尔嘉的爱慕者，一个好像谁也闹不清他姓什么的大学生，也从波士顿开一辆豪华的汽车来这里度周末的话，要不是伊戈尔认为布罗托夫的女儿尼娜，一位长着埃及人那种眼睛和黝黑的胳膊腿儿、上纽约舞蹈学校的、懒散而漂亮的姑娘，跟他还情投意合的话，奥尔嘉和伊戈尔一定会觉得这个偏僻的地方多么沉闷哟。

整个家务都由普拉斯柯娃在料理，她是个壮实的六十岁老太婆，生气勃勃，显得比实际岁数要年轻二十岁。她站在后廊上，指关节放在屁股上，穿一条自己缝的膨胀如袋的短裤和一件女管家穿的那种有水钻的罩衫，在察看鸡群，这情景看上去可真带劲儿。亚历山大和他的弟弟当年在哈尔滨还是孩子的时候都是由她亲手带大的，如今她的老伴帮她照料这里的家务事，他是个不吭声、呆头呆脑的哥萨克老头儿，一生就喜欢干业余装订书籍的活儿，不管碰到什么老目录或者下流刊物，他都想装订它一家伙，这既是自学，又是给书籍治病；此外，他还喜欢酿果子酒，捕杀树林里的小动物。

在那个季节的客人当中，普宁跟沙多教授熟得很，后者是他二十年代初在布拉格大学念书时就相识的青年朋友；他跟布罗托夫一家子也认识，他前一次是在一九四九年俄国流亡学者协会于巴比松广场饭店举办欢迎布罗托夫夫妇从法国抵美的正式宴会上见到他们的，当时他还致了欢迎词。我个人对布罗托夫和他的哲学著作从来就不怎么感兴趣，他把晦涩和俗套十分古怪地掺和到一块儿；此人的成就好比一座高山——不过却是一座陈词滥调的高山；但是我对这位无精打采的哲学家的神完气足、体格丰满的妻子瓦尔瓦拉却一向有好感。她一九五一年头一次到松邸来做客之前，压根儿就没见过新英格兰的乡村。那里的白桦树和越橘树蒙骗了她，叫她心理上没有把昂克维多湖同比方说原本与它相似的巴尔干半岛的欧里德湖[1]相比，却与俄国北方的奥涅加湖[2]相比，因为她同她的姑妈丽迪娅·维诺格拉多夫，著名的女权运动者和社会活动家，一起逃离布尔

1 Lake Ohrida，在阿尔巴尼亚和南斯拉夫国境上的湖泊。

2 Lake Onega，欧洲第二大湖，位于俄罗斯西北部。

什维克来到西欧之前，曾经在那个湖畔度过她最初十五个暑夏。所以，瓦尔瓦拉一看到一只探食飞行的蜂鸟或者一棵花儿盛开的梓树，就会产生一点奇思遐想。那些大箭猪跑来津津有味地啃房子发霉味的老木料，或者那些胆怯的小巧玲珑的黄鼠狼在后院偷食小猫的牛奶，对她来说，都比动物寓言画更有趣。她也让那里她叫不上来名字的奇葩异草和小动物迷住了，困惑住了，竟把小黄雀当成了迷途的金丝雀，还听说她在苏珊生日那天，为了布置餐桌，居然把一大把美丽而有毒的常春藤叶子紧紧捧在她那雀斑丛生的粉红胸脯前，得意扬扬且气喘吁吁地跑进来。

三

普宁小心谨慎地转入一条两旁长着野生羽扇豆的沙土道，便笔挺地坐好，两手僵硬地紧抓方向盘，样儿就像是个开拖拉机比开汽车更习惯的农民，以每小时十英里，放至第一挡的速度，驶入那一片把库克城堡和石子路隔开的、杂乱无章而又绝对地道的老松树圈子，这当儿布罗托夫夫妇和身穿长裤的瘦小女人施波里昂斯基夫人首先发现了他。

瓦尔瓦拉从凉亭的椅子上轻快地站起来——她和罗莎·施波里昂斯基刚在那儿发现布罗托夫正在看一本破损的书，而且偷偷犯禁抽了一根烟卷儿。她鼓掌向普宁表示欢迎，她丈夫合上书，把大拇指夹在刚读到的页数那里，用它慢慢晃了几下，向普宁表示他所能表示的最深切友好的情意。普宁熄灭引擎，坐在汽车里向朋友们微笑作答。他的绿色运动衫领口敞开着；那件只拉了一半拉链的风衣裹在他那给人深刻印象的躯体上显得紧了点；他低着那晒得黑不溜秋的秃脑瓜子，脑门上尽是皱纹，太阳穴上有明显的蠕虫似的血管，费劲地打开车门，最后终于从车上跳下来。

"Avtomobil', kostyum—nu pryamo amerikanets（一个地地道

道的美国佬），pryamo Ayzenhauer！”[1]瓦尔瓦拉说，接着就把普宁介绍给罗莎·阿布拉莫芙娜·施波里昂斯基。

“我们四十年前就认识一些共同的朋友。”那位夫人一边说，一边好奇地打量着普宁。

“噢，别提那个天文数字啦，”布罗托夫说，他一边凑近过来，一边用一根草叶代替那个一直充当书签的大拇指，“你知道，”他握握普宁的手，接着说，“我正在第七遍看《安娜·卡列尼娜》，着迷的程度不下于六十年前七岁而不是四十年前看它时的劲头。而且每次都可以从中发现新的内容——譬如说，我现在注意到列夫·尼克拉耶维奇不知道他的小说情节是哪天开始的：好像是星期五，因为那天钟表匠到奥布朗斯基家来上钟弦，可列文和吉提的妈妈在溜冰场上谈话提到的却是星期四。”

“这有什么大不了的，”瓦尔瓦拉大声说，“谁有那闲工夫想闹清那天到底是星期几呀？”

“我可以告诉你确切的日子，”普宁一边说，一边在闪烁不定的阳光下眨了眨眼，吸着北方松树散发的熟悉的浓郁香味，“小说情节开始在一八七二年初，按新历计算是二月二十三日星期五。奥布朗斯基读晨报时看到有培伊斯特已赴维斯巴登的谣传。这当然指的是弗雷德里希·斐迪南·冯·培伊斯特

1　用拉丁字母转写的俄文，汽车，服装——一个地地道道的美国佬，地地道道的艾森豪威尔嘛！

公爵，他刚被任命为奥地利驻圣詹姆斯宫廷的大使。在递交国书之后，培伊斯特就到欧洲大陆去度了相当长一段时间的圣诞假期——他在那里跟家人住了两个月，当时正准备回伦敦，根据他那两卷集回忆录的记载，由于威尔斯王子伤寒症初愈，伦敦正准备于二月二十七日在圣保罗教堂举行一次感恩祈祷的仪式。可是（odnako），你们这儿可真够热的（i zharko zhe u vas）！我想我现在该先到亚历山大·彼得罗维奇的慧眼前（presvetlïe ochi，俏皮话）报个到，然后再到他信里描写得那么生动的那条小河里去扎个猛子（okupnutsya，还是俏皮话）。”[1]

“亚历山大·彼得罗维奇因为公事或者寻欢作乐要到星期一才回家呐，”瓦尔瓦拉·布罗托夫说，“不过，我想你可以在后院找到苏珊娜[2]·卡尔罗夫娜在她喜爱的那块草坪上晒日光浴呢。快到她跟前时，别忘了先喊一嗓子。”

---

1 此段括号内的外文均系用拉丁字母转写的俄文。

2 Susanna，苏珊的爱称。

四

库克城堡是一八六〇年左右建成的一座三层楼的砖木结构的楼房，其中有一部分是在五十年后重建的，当时苏珊的父亲从杜德莱－格林家族手里把它买过来，为的是修建一座讲究的度假旅馆，专供富豪们到昂克维多温泉来疗养。这是一座外表既精致又难看的楼房，样式混杂，在剩下的法国式和佛罗伦萨式建筑中耸立着哥特式尖顶，当年的设计师萨缪尔·斯龙一开始设计时大概把这种建筑物归入一种“很适合社交生活最高要求”的非正规形式的北方别墅，被称为“北方”是因为“它的屋顶和尖顶具有巍然高耸的倾向”。这所宅邸由一些较小的北方式样的房子组成，带有欢快乃至于有点如醉如痴的模样，杂乱无章地挤成一堆，那些泼辣的尖顶竖在半空中，还有格式不大相同的房顶啦、不那么完整的山墙啦、房檐啦、土里土气的外墙角啦，以及四下里叉出去的其他凸出部分，这一切，唉，只短暂吸引了一阵子游客。到了一九二〇年，昂克维多温泉神不知鬼不觉地失掉了原有的一星半点的魅力；苏珊在她爹去世后，因为在她丈夫工作的那个工业城市的住宅区里还有一所更舒适的住宅，就想方设法要把松邸卖掉，可是没有成功。不管怎么说，现在他们已经习惯利用这座城堡来招待他们众多的朋友，苏珊也就高兴这个温顺而惹人爱怜的怪物幸好没有找到买主。

房子里面也跟外表一样多样化。楼下四间宽敞的大房间，通往那个备有大大方方的壁炉、至今还多多少少保留当年充当旅馆的痕迹的大厅。楼梯扶手栏杆，至少有一根纺锤形立柱是一七二〇年制作的，那还是盖这所房子时从另外一所具体地点已经没人说得上的、更古老的房子那边拆过来的。饭厅里刻着狩猎和捕鱼画面的漂亮护墙板也非常古老。每层楼的六间房间和后楼的两间边房里，您可以在一些不成套的家具当中发现椴木写字台啦，罗曼蒂克的青龙木沙发啦，不过还有各式各样笨重蹩脚的玩意儿，诸如破椅子啦，灰尘扑扑的大理石面桌子啦，里层镶着点老猴子眼睛那般忧郁的深色玻璃镜的、呆笨的多层架子啦。普宁被安排到楼上东南角一间舒适的屋子住：墙壁上有金色墙纸的残迹，此外有一张军用帆布床、一个普通的脸盆架子、各式各样的书架、壁灯座和涡形装饰的花边线条。普宁使劲推开窗户，冲那微笑的树林微笑了一下，又想起遥远的当年他到乡下去的头一天的情景；待了一会儿，他就走下楼来，身穿一件新买来的藏青色浴衣，光脚套一双普通的橡胶套鞋，如果打算穿过潮湿乃至可能出现蛇的草地，这种谨慎的做法确实可取。他在花园阳台上找到了沙多。

康斯坦丁·伊万尼奇·沙多，一位敏感而可爱的、纯俄罗斯血统的学者，尽管姓不像（我听说那是源自一位领养了孤儿伊万的、俄国化了的法国人姓氏），在纽约一所挺大的学府里任教，至少有五年没见到他十分热爱的普宁了。他俩兴高采烈地亲热拥抱。我本人得承认有一个时期也被这位天使般的康斯坦丁·伊万尼奇迷惑住了——那是在一九三五年或一九三六年冬季，我们住在法国南部格拉斯市，每天清晨都在桂树和荨麻树阴下散步时相遇，他那时同另外几个俄国流亡者合住在郊外一栋小别墅里。他那柔和的嗓音啦、圣彼得堡绅士发*r*音时小舌颤动的粗喉音啦、他投射出来那种跟驯鹿一样忧郁而温和的目光啦、他用修长纤弱的手指一个劲儿微微捻动那把金棕色山羊胡子啦——总之，沙多处处地方（用一个跟他本人一样老派的文学惯语来表达）都使他在朋友当中赢得一个罕见的好人缘。普宁和他畅谈起来，交换交换彼此的心得。这在原则性强的流亡者圈子里并非少见，他们每逢分开一段时间后再次相遇，必定不但竭力了解清楚彼此过去这一段时期的情况，而且还用几个迅速的暗语——其他外语简直没法表达的隐喻和语调——来总结一下俄国最近历史的进程：足足为正义奋斗了一个世纪而隐约出现希望之后，紧接着又是三十五年无可救药的非正义。然后，他们话锋一转，谈到身居异乡的欧洲籍教员的本行业务，对于“典型的美国大学生”不懂地理，对噪音无动于衷，认为受教育不过是为了最终得到一个报酬优厚的职业的手段罢了，两人都为此连连唉声叹气，直摇脑袋。然后，他俩彼此探询对方的工作进展情况，双方都对各自的研究项目表现出极为谦逊的态度，略谈几句而已。最后，两人一边沿着草地上一条小径，擦过路边的黄花，朝树林那边一条多岩石的小河走去，一边摆摆各自的健康状况：沙多样儿挺时髦，一只手插在白色法兰绒裤兜里，那件光亮的外套颇为潇洒地敞着，露出里面的一件法兰绒背心，他兴致勃勃地说自己不久就要经受一次腹部检查手术；普宁笑着说他自己每次做X光检查时，医生都白费心机地想推敲出他们称之为“心脏后面的阴影”到底是怎么回事。

“这倒是一部坏小说的一个好书名啊。”沙多说。

他们走进树林之前，正经过一座长草的小土坡，突然有一位年高德劭的红脸膛老人跨着大步子，从斜坡上下来。他身穿一套绉条纹的薄麻布衣裳，头上一团乱蓬蓬的白发，长一个肿起来的、大草莓似的紫红鼻头，满脸不高兴地朝他们走来。

“我得回去取我的帽子。”他走近时戏剧性地大声说。

“两位认识吗？”沙多喃喃地说，一面挥着双手介绍，“铁莫菲·巴夫里奇·普宁，伊万·伊里奇·格拉米尼耶夫。”

“Moyo pochtenie[1]（久仰久仰）。”两人同时说，一面点头，一面使劲握手。

“我原本以为，”格拉米尼耶夫是位说话啰嗦的人，又接着方才的话茬儿说，“天会像大清早一样一直阴下去。我愚蠢地（Po gluposti[2]）光着脑袋瓜子就出来了。现在太阳烤得我的脑浆

1 用拉丁字母转写的俄文。

2 用拉丁字母转写的俄文。

子都快焦了。我不得不中断我的工作。”

他朝小山坡顶上摆了摆手。他的绘画架子立在那儿，在蔚蓝色的天空背景下现出雅致的轮廓。他方才一直在小山顶上画一幅下面的山谷全景，怪里怪气的旧谷仓、弯弯扭扭的苹果树和母牛都已经画好了。

“我可以把我这顶巴拿马草帽借给您。”友好的沙多说，可是普宁已经从自己浴衣兜儿里掏出一块大红手绢，熟练地把四个角都打个结。

“太好了……太感谢了。”格拉米尼耶夫一边说，一边戴好这个头饰。

“等一下，”普宁说，“您得把这几个疙瘩都塞进去。”

弄好之后，格拉米尼耶夫就又登上山坡，朝他的画架走去。他是一位著名的名副其实的学院派画家，他那些深情款款的油画——《伏尔加河》、《三位老友》（男孩、小马、狗儿）、《四月的沼泽》等——如今还使莫斯科一家博物馆增光不少哩。

“有人告诉我，”沙多一边说，一边和普宁继续朝小河走去，“丽莎的儿子在绘画方面很有天赋。是真的吗？”

“是的，”普宁答道，“更烦人的（tem bolee obidno[1]）是孩子妈，我想她快结第三次婚了，她忽然把维克多带到加利福尼亚去度过剩下来的暑假；要是按照原来的计划，孩子跟我到这里来，就

1　用拉丁字母转写的俄文。

可以有不可多得的机会请格拉米尼耶夫大力指点一下啦。”

“你言过其实了。”沙多轻声答道。

他俩来到那条流水潺潺、闪闪发光的小河旁边。在那一连几层比较高和比较低的小瀑布之间有一个凹进去的水潭，正好在白桤树和松树下形成一座天然游泳池。沙多不会游泳，便在一块圆石头上舒舒服服地坐下来。普宁这一学年经常在太阳灯下照晒全身，因此他在河边树丛里斑斑点点闪烁的阳光下脱得只剩一条泳裤时，浑身呈现出一种很深的赤褐色。他摘掉脖子上挂的十字架，脱掉橡胶套鞋。

“你看，多美啊。”观察力敏锐的沙多说。

二十多只一式一样的小蝴蝶栖息在一块湿沙土上，两翅耸立而紧闭着，露出有暗黑点的灰肚子和橙色边缘的后翅上的鲜艳的小斑点；普宁的一只套鞋惊扰了其中几只，它们拍翅绕圈飞了一阵子，显露出上身的天蓝色彩，就像蓝色雪花在空中飞舞，然后又落在地上。

“可惜弗拉基米尔·弗拉基米罗维奇没在这儿，”沙多说，“他会把有关这些迷人的昆虫的知识统统讲给咱们听。”

“他的昆虫学总给我一种故弄玄虚的印象。”

“噢，可不能这么说，”沙多说。接着，他指着普宁刚从脖子上摘下来挂在一根树枝上的那条缀着东正教十字架的金链说：“你早晚有一天会把它弄丢的。”十字架闪闪发光，使一只飞翔的蜻蜓茫然不知所措。

“丢了我也许并不在乎，”普宁说，“你知道得很清楚，我戴它纯粹出于感情因素，而这种感情正成为一种负担。企图把童年的一个小物件一直紧贴在自己的胸骨上，这种做法对身体也毕竟够戗啊。”

“你也是一位把信仰降低为一种触觉的人啊，”沙多说。他仍然是个希腊东正教徒，为他这位朋友所抱的不可知论的态度表示惋惜。

一只马蝇，昏了头的傻瓜，落在普宁的秃脑瓢上，被他的胖手一巴掌打晕了过去。

普宁从一块比沙多坐着的那块圆石头要小一点的石头上，小心翼翼地出溜到蓝里透黄的水里去。他发现手表还戴在手腕子上呐，便摘下来放进一只套鞋里。普宁慢慢晃动着黧黑的肩膀，蹚水向前走去，一圈一圈的树影在他宽阔的背脊上抖动，然后滑落。他停下来，用手拍碎身子周围的闪光和黑影，润湿向前探的脑袋，两只湿手揉揉后脖子，依次泡泡两边的胳肢窝，接着就两手合拢，游进水中，他那派头十足的蛙泳使身子两边掀起层层细浪。普宁在这个天然池塘里堂而皇之地游来游去。他一边游，一边发出有节奏的唾沫星子的飞溅声——一半是喉咙里的咯咯声，一半是喘气的噗噗声。他有板有眼地伸开两腿，膝部弯下，然后两腿劈开，同时两臂一屈一伸，活像一只硕大无朋的青蛙。这样游了两分钟，他就蹚出水面，坐在石头上晒干身体。随后，他又戴上十字架金链和手表，穿上套鞋和浴衣。

五

晚饭是开在那有帘子的廊子上的。普宁坐在布罗托夫旁边，开始搅动 botvinia[1]（冰镇红菜汤）里的酸奶油，粉红色冰块在汤盆儿里叮当作响，他又自动拾起早上没说完的话题。

“你一定会注意到，”他说，“列文精神上的时间和渥伦斯基物质上的时间有个明显的差距。在小说半当腰，列文和吉提比渥伦斯基和安娜在时间上整整落后一年。一八七六年五月的一个星期天傍晚，安娜投身到火车轮下时，她已经自小说开始生活四年多了，而在列文那方面，从一八七二年到一八七六年那同一时期，几乎刚过了三年而已。这是我所知道的文学里的相对论最好的一个例子。”

饭后，有人建议玩一玩槌球游戏。至于怎样安放弓形小铁门，大家赞成那种由来已久而技术上不合规格的办法，那就是把十个当中的两个交叉放在场地中央，以形成所谓的“囚笼”或“捕鼠夹子”。普宁和布罗托夫夫人搭伴，很快就显出在球术上比对手施波里昂斯基和波罗辛伯爵夫人高明得多。木桩一钉好便开始玩起来，这个男人就变样了。他本来是个动作慢吞

1 用拉丁字母转写的俄文。

吞、笨手笨脚、很有点僵硬的人，一下子变成一个活蹦乱跳、默不出声、面带狡猾神情的驼子。好像总轮到他打球似的。普宁低低握着木槌，让它在自己劈开的两条细长腿之间优雅地晃悠（他为了打这场球还特地换上百慕大运动短裤[1]，由此而引起一阵小小的轰动），每击一下之前都先瞄瞄准，灵巧地晃动两下木槌，然后朝球儿准确地一击，球朝前轱辘，他也一直猫着腰快步跟上，到达预计球停下来的地方。他怀着那种研究几何学的劲头，把球击过每个弓形小铁门，激起旁观者一片羡慕的欢呼声。连小伙子伊戈尔·波罗辛，揣着两罐啤酒赶赴秘密的酒会，鬼鬼祟祟打这里经过，也停下来一秒钟，赞赏地晃晃脑袋，然后才溜进树丛。普宁满不在乎地碰撞了，或者毋宁说火箭式地轰击了对方一个球，抱怨和抗议之声就同叫好声混杂在一起了。他让自己的球紧挨着对方的球，用他那小得出奇的脚使劲踩在自己的球上，然后猛捶一下，而把另一个球震出去老远。大家请苏珊评评理儿，她说这种打法完全犯规，可是施波里昂斯基夫人则说这完全许可，并说她还是孩子的时候，她的英国保姆管这种打法叫做“打个香港”。

普宁的球撞击了终点的标柱，球赛也就结束了；瓦尔瓦拉陪着苏珊去准备午茶，普宁便悄悄地在松树下一条长凳上坐下来休息会儿。他蓦地觉得又犯了他成年后犯过多次的那

1 Bermuda shorts，一种散步时穿的齐膝短裤。

种极不舒服、叫人害怕的心脏不适的毛病。这既不是心痛也不是心悸，倒好像是叫人肃然地感到沉入和融进自己的周围环境——落日啦、红树干啦、黄沙啦、静静的空气啦。这当儿，罗莎·施波里昂斯基发现普宁独自坐在那里，就趁机走到他身边（“sidite, sidite！”[1] 甭站起来），紧挨着他在长凳上坐下来。

“一九一六年，也许一九一七年，”她说，“您没准儿从您的一些要好的朋友嘴里听见过我做姑娘时的名字——吉乐——吧。”

“没有，我想不起来了。”普宁说。

“反正这也没多大关系。过去咱俩好像没见过面。可您跟我的表兄妹格里夏和米拉·别劳什金挺熟。他们常提到您。格里夏现在住在瑞典，我想——您一定听说过他那可怜的妹妹的悲惨遭遇吧……”

“是的，我听说了。”普宁说。

“她的丈夫，”施波里昂斯基夫人说，“是个很招人喜欢的人。萨缪尔·勒夫维奇和我同他和他的第一位夫人钢琴家斯威特拉娜·契尔托克都很要好。纳粹把他和米拉分别监禁在两处，他和我的哥哥米夏后来死在同一个集中营里了。您不认识米夏吧，对吗？他有一个时期也爱过米拉。”

“Tshay gotoff[2]（茶准备好了），”苏珊站在廊子上用她那可

1 用拉丁字母转写的俄文。

2 用拉丁字母转写的俄文。

笑而起作用的俄语腔调喊道，“铁莫菲，罗沙什卡[1]！ Tshay！”

普宁让施波里昂斯基夫人先行一步，自己这就跟上来；等她走后，他继续坐在薄暮树阴下，两手紧握那个还在手中的木槌。

两盏煤油灯恬适地照亮了这座乡村别墅的廊子。铁莫菲的父亲，眼科专家巴维尔·安东诺维奇·普宁大夫，和米拉的父亲，小儿科专家亚科夫·哥里高里耶维奇·别劳什金大夫，正在阳台一个角落里下棋，舍不得离开棋盘，别劳什金夫人只好让女仆把茶点送过去，放在他们下棋的那张桌子旁边的一个日本小茶几上，他们那盛茶的、带银托盘的玻璃杯啦，奶油点心啦，黑面包啦，花园草莓 zemlyanika[2] 和另外培植的一个品种 klubnika[3]（“麝香草莓”或叫“绿草莓”）啦，金黄的果酱啦，还有什锦饼干啦，薄脆饼啦，椒盐卷饼啦，烤面包片啦；而在这边，除了没把两位专心下棋的大夫请过来之外，全家其他成员和客人都围坐在廊子另一端的大桌子前，有的轮廓挺清楚，有的在闪闪亮光下显得模糊不清。

别劳什金大夫瞎摸了一块椒盐卷饼；普宁大夫聚精会神地移动一个车。别劳什金大夫一边嚼，一边凝视着棋盘他这半边的横方格空位；普宁大夫心不在焉地把一块烤面包片浸进自己那个茶杯里去了。

---

1 Rozochka，罗莎的爱称。

2 用拉丁字母转写的俄文。

3 用拉丁字母转写的俄文。

那年夏天，别劳什金家在波罗的海避暑胜地租的那所别墅，靠近N将军的遗孀租给普宁家的一所农舍式小别墅，这座小别墅位于她那一大片尽是沼泽、崎岖不平、黑树林围住的荒凉庄园的边缘。铁莫菲·普宁还是当年那个笨手笨脑、腼腆而固执的十八岁青年，在黑暗中等待米拉，尽管现实生活已经把电灯泡放进煤气灯里，把人们像洗牌那样重新洗了一个遍，使他们都成了上了年纪的流亡者，那亮着灯光的廊子已经被牢牢地、毫无希望地永远隔开，我们可怜的普宁却带着一种鲜明的幻觉，觉得米拉正偷偷从那儿溜到花园里来，穿过高高的烟草花朝他走来，她那身白上衣和暗白色的花儿混杂在一块儿。这种感觉不知怎地同他胸中蔓延开来的心情恰好一致。他轻轻把木槌放在一边，为了驱散这种苦闷，就穿过那片宁静的松树林，朝房子对面走去。从一辆停在花园工具房附近的汽车上传来收音机播放的阵阵扎扎实实的音乐声，估计车里至少有两位像他一样来访的客人的孩子。

"爵士乐，爵士乐，他们老得听他们的爵士乐，这些年轻人哟，"普宁嘟囔道，又转向那条通往树林和小河的小径。他回想起他和米拉青年时代追随时尚的爱好，业余演出啦、吉卜赛民谣啦、她酷爱的摄影啦。她拍的那些艺术快照——宠物啦、浮云啦、花朵啦、一片四月的沼泽和那些映在糖一般白的湿雪上的桦树黑影啦、那些站在一辆棚车顶上故作姿态的士兵啦、日落时分的地平线啦、一只拿着一本书的手啦，这些现在又都在哪儿呢？他回忆起他俩在彼得格勒涅瓦河畔最后一次见面的情景，眼泪啊，星星啊，还有她那个暖和和的皮手笼玫瑰色的丝衬里。一九一八年至一九二二年的内战把他俩拆散了：历史解除了他俩的婚约。铁莫菲朝南流荡，参加了一阵子邓尼金[1]的部队，而米拉全家则逃离布尔什维克到瑞典去了，过后又在德国安顿下来，她最后在那里跟一个俄罗斯血统的皮货商结了婚。三十年代初期，普宁也结了婚，陪同妻子到柏林去，因为她想参加一次精神治疗学家的大会，一天晚上，他在选民大街一家俄国餐馆里又遇见了米拉。他俩只说了几句话，她还是像以往那样带着忸怩的躲躲闪闪的表情，从两道浓眉底下冲他微笑；她那颧骨凸出的轮廓、细长的眼睛、纤弱的胳臂和脚脖子，都跟原来一样，永世不变。接着她就跟她那位去衣帽间取大衣的丈夫一起走了，情况就是这样——可是感情上的阵阵隐痛依然存在，就跟您明明知道而又一时记不起来的诗句时会隐隐约约闪现一样。

那位爱闲聊的施波里昂斯基夫人所提到的往事，以一股不寻常的力量唤来了米拉的形象。这真叫人心烦意乱。只有在摆脱一种无法治愈的疾病时，只有在临死前那阵神志清醒时，人才能片刻克服这种情感。过去十年里，为了理智地生存下去，普宁一直克制自己，只有永远不再怀念米拉·别劳什金——那

---

1 Anton Ivanovich Denikin（1872—1947），沙皇俄国将军，一九一八至一九二〇年初组织白卫军与苏维埃政权对抗。

倒并不是因为害怕自己对青年时代的一段平淡而短暂的恋爱的回忆会扰乱思想上的平静（唉，他和丽莎结婚的种种回忆已经够呛，足以排挤掉任何其他以往的浪漫史喽），而是因为在一个连米拉之死这种事都可能发生的世界里，一个人要是对自己还真诚的话，就不可能指望还有什么良心，更谈不上什么感觉，会继续存在。人不得不忘却过去——因为你没法想着这样的事情活下去，那就是这个文雅、娇弱、温柔的姑娘，连带那双漂亮的眼睛、那种甜蜜的微笑，背景是花园和雪景，竟然被押进一辆运牲口的货车，送到一个灭绝人性的集中营，在那里居然有人往她的心脏，往那个您在过去的黄昏跟她亲吻时可以听见怦怦跳动的心脏，注射石灰酸而使其惨遭杀害。由于没有正式记录说明米拉到底是怎么死的，她在您的脑海里便一次一次地死去，又一次一次地复活，只不过为了再一次一次地死去：她被一个受过训练的女护士拉走，用那带有肮脏的破伤风杆菌的破玻璃管子注射了一针啦；她被哄骗去淋浴时让渗进去的氢氰酸毒气毒死啦；她在一个堆满浸透了汽油的白桦树枝的土坑里被活活烧死啦。根据普宁在华盛顿偶然与一名调查人员的谈话，惟一可靠的情况是：她由于虚弱得不能再干苦活（尽管她还照样微笑，还能帮助别的犹太妇女），在到达布痕瓦尔德[1]，到达那个被响亮地称为“大爱特斯堡”美丽的林区之后没

1　Buchenwald，德国城市，一九三四至一九四五年德国法西斯曾在此处设立集中营，残杀犹太人和战俘。

几天就被挑选出来处死焚化了。那个地方离魏玛只需步行一小时就到了，歌德、赫尔德尔[1]、席勒、维兰德[2]和举世无双的科采布[3]等文人过去都在这里漫步过。“Aber warum[4]——可是为什么——”那位人间最心慈的哈根博士会悲叹道，“为什么要把那个可怕的集中营如此贴近那里哟！”因为它确实很贴近——距离德国的文化中心只有五英里路远。那位一向以用词准确而闻名的温代尔学院院长，最近在一次毕业典礼上发言回顾欧洲形势时，还极其文雅地称德国为“那个学府众多的国家”，同时他也附带赞美了另外一个刑室：“托尔斯泰、斯坦尼斯拉夫斯基、拉斯科尔尼科夫[5]和其他伟大而善良的人的祖国——俄罗斯。”

普宁在庄严的松树下漫步。天色越来越暗。他不相信独裁的上帝。他却模模糊糊地相信鬼魂的民主。没准儿死人的灵魂已经组成各种协会，在接连不断的会议上照料人间生物的命运。

蚊子越来越扰人。是喝茶的时候了。是该和沙多杀一盘棋的时候了。那一阵古怪的情感发作已经消失，又可以喘息了。

---

1 Johann Gottfried Herder（1744—1803），十八世纪德国作家和资产阶级启蒙运动的文艺理论家。

2 Christoph Martin Wieland（1733—1813），德国诗人和小说家。

3 August von Kotzebue（1761—1819），德国作家和政治家。

4 德文，可是为什么。

5 Raskolnikov，陀思妥耶夫斯基小说《罪与罚》中的男主人公，一个穷大学生。

在远远的小山丘上，就在几小时前格拉米尼耶夫放画架的地方，有两个人影在暗红的天空前现出轮廓来。他们紧偎着，面对面站在那里。人从小径那儿看不清究竟是波罗辛的女儿和她的男朋友呢，还是尼娜·布罗托夫和小波罗辛，要么也许只是象征性的一对，以一种轻松的艺术形式绘制在普宁那正在褪色的日子的最后一页上吧。

第六章

一

一九五四年秋季学期业已开始。人文楼前厅安放的一尊不怎么漂亮的维纳斯大理石像脖颈上又让人用唇膏瞎涂了一个亲吻的红嘴印。《温代尔纪实》上又在讨论校内停车问题。认真读书的一年级学生又在图书馆书籍页边空白处用笔标上“自然的描绘”或“讽刺”这类有益的评注；一位特别有才能的训诂学者已经在一本马拉美诗集漂亮的版本上用紫墨水在 oiseaux[1] 这个难词下面画了一条线，还在上面注了一个潦草的“鸟”字。秋风卷落叶，又把枯叶吹起来贴附在那条从人文楼通往弗里兹楼的花格走廊的一面上。晴朗的下午，橙褐色的黑脉金斑蝶又在柏油路和草坪上拍动翅膀，懒懒散散地朝南飞去，它们的黑腿没有完全收拢起来，低低地耷拉在圆点花纹的躯体下面。

学院的工作依旧在进行。一些发奋的研究生，在怀孕的妻子陪伴下，还在撰写研究陀思妥耶夫斯基和西蒙娜·德·波伏瓦的学位论文。各文学系还在那种认为司汤达、高尔斯华绥[2]、德莱塞[3]和曼[4]都是伟大作家的印象下埋头苦干。“冲突”和“样式”

1 法文。

2 John Galsworthy（1867—1933），英国现实主义作家、戏剧家。

3 Theodore Dreiser（1871—1945），美国批判现实主义作家。

4 Thomas Mann（1875—1955），德国批判现实主义作家。

这类词汇仍在流行。一如既往，拿不出成果的教员靠写点文章评论他们比较丰产的同事们的著作成功地作为“生产”；一如既往，一帮鸿运高照的教员正在享受或者打算享受年初荣获的花色繁多的奖金。由此，一笔挺有意思的、数目不大的奖金提供给多才多艺的斯塔尔夫妇——艺术系的娃娃脸克里斯托弗·斯塔尔和他年轻的妻子路易丝——使这对少俊极了的夫妇有个难得的机会，不知怎地获得了许可渗入东德去记录战后的民歌。人类学教授特里斯特拉姆·维·托马斯（朋友们管他叫“汤姆”）因对古巴渔民和棕榈树攀登者的吃饭习惯所做的研究而获得孟德维尔基金会一万美元的奖金。另一家慈善机构居然资助布多·冯·法特恩弗斯博士，使他得以完成一本《近年来有关评价尼采信徒对近代思想的影响的专著和手稿目录》。最后但绝非不重要的是，一份特别慷慨的奖金赠给了温代尔的著名精神治疗学家卢道夫·奥拉大夫，使他得以对一万名小学生进行一种所谓“手指入碗的测验”，让孩子把食指浸入几个盛着不同颜色的溶液碗里，然后量一下全指长度和沾湿部分长度且作一比较，用各式各样诱人的图表显示出来。

秋季学期业已开始，哈根博士遇到一种尴尬的处境。这年夏天，有位老朋友非正式地征求他的意见，是否可以考虑明年接受一所比温代尔学院重要得多的学府西堡德大学报酬优厚的教授聘书。这类问题相对来说是比较容易解决的。可是另一方面却遗留下一桩叫人寒心的事：他呕心沥血办起来的那个系，连布劳伦吉那个基金远较雄厚的法语系都没法在文化影响上与它相抗衡，眼看就会落到背信弃义的法特恩弗斯的爪子里，这人是他哈根亲自从奥地利聘请来的，而居然摇身一变反对起他来了——事实上已经用见不得人的手段设法把哈根从一九四五年创办起来的一份颇有影响的《新欧洲》季刊的领导权夺了过去。哈根打算离校这件事——直到目前为止他还没向同事们透露一点风声——会引起一种更叫人伤心的后果：助理教授普宁必然被撇下来，处于危难的境地。温代尔学院从来没有正式成立俄语系，我们这位可怜的朋友一向是靠德语系为附设比较文学这一分支课程而被聘请的，并以此来保住教书这个饭碗。布多纯粹出于私愤，准会砍掉那一分支，普宁在温代尔又没有终身任职权，必定会被迫离去，除非其他哪个语言文学系同意收留他。看来只有英语系和法语系或许还有点商量的余地。可是英语系主任杰克·考克瑞尔素来反对哈根的所作所为，认为普宁是个笑柄，而且他确实非正式而有可能地争取一位了不起的英俄混血的作家来执教，如果需要的话，那人可以教普宁赖以生存而讲授的所有课程。作为最后一着，哈根只有找布劳伦吉想想办法看。

二

法国语言文学系主任伦纳德·布劳伦吉有两个挺有意思的优点：一不喜欢文学，二不会法语。可这并没妨碍他到处旅行，出席“现代语言”会议，他会在会上炫耀自己的无知，好像是一种无上的风趣似的，而且对于任何想把他诱入微妙的法语圈套里的企图，他都会插科打诨地说些立足点健康的趣话儿把它岔开。他又是一位很会弄钱的能手，最近就说服一位过去有三所了不起的大学奉承过而都没说动心的老富翁，捐赠一大笔可观的款子来促进一批研究生在加拿大人斯拉夫斯基博士指导下搞起来的轰轰烈烈的研究工作，同时还计划在温代尔附近的一座小山上建造一个“法国村”，两条街和一个广场，全都仿照多尔多涅省[1]古老的万代尔小镇的款式。尽管他在行政工作上的想法往往含有浮夸的因素，布劳伦吉本人倒是个清心寡欲的人。他碰巧跟温代尔学院山姆·波尔院长是同学，两人多年来经常，甚至于后者双目失明之后也照样，到一个荒凉、多风的湖边去钓鱼，这个湖坐落在温代尔北边七十英里以外，按自然条件来说，近似贫民窟那样凄凉的矮栎树和小松树丛生的

1 Dordogne，法国一省。

乡间，有一条两旁长着荒草的砾石道直通湖边。他的老婆是一位资历简单而可爱的女人，在她的俱乐部里提到他时总称呼他为“布劳伦吉教授”。他讲授一门叫做“伟大的法国人”的课程，内容全是他让秘书从他在一间阁楼里发现的而学院图书馆没入藏的一套一八八二年至一八九四年的《黑斯廷斯历史和哲学杂志》上抄下来的。

三

普宁刚租了一所小房子，邀请了哈根夫妇、克莱门茨夫妇、赛耶夫妇和贝蒂·勃里斯来参加他庆祝迁居的宴会。就在那天早晨，好心肠的哈根博士到布劳伦吉办公室作了一次孤注一掷的拜访，向他，只向他一个人，透露了全部情况。他对布劳伦吉说法特恩弗斯是一个强烈反对普宁的人，布劳伦吉干巴巴地附和道，他本人也是；事实上，他在社交场合中接触过普宁之后，就“断然觉得”（这帮讲求实际的人多么倾向于感觉而不是思想，这也确实是件怪事）普宁连在美国学府附近溜达溜达都不配。很讲义气的哈根说普宁一连几个学期非常出色地讲授了浪漫主义运动，在法语系的赞助下讲讲夏多布里昂和维克多·雨果是肯定没问题的。

“斯拉夫斯基博士包下了那一伙作家，”布劳伦吉说，“有时我确实认为咱们在文学方面搞得过头了。你看，这星期莫帕苏埃丝夏小姐开始讲存在主义作家，你的那位布多讲罗曼·罗兰，我要做关于布朗热[1]将军和德·贝朗热[2]的报告。不行，咱

1 Georges Ernest Boulanger（1837—1891），法国将军，普法战争后鼓吹军国主义，向德国报仇。

2 Pierre Jean de Béranger（1780—1857），法国民主主义诗人，政治讽刺文作者，他在七月王朝时代写了许多关于贫民和无产者的歌谣，攻击资产阶级，带有强烈的空想社会主义色彩。

们在这方面的玩意儿已经够多的了。”

哈根又打出他最后一张牌，提出普宁可以教教法语：咱们这位朋友就像许多俄国人一样，起小有法国保姆，革命之后又在巴黎住过不止十五年。

“你是说，”布劳伦吉严峻地问，“他会说法国话吗？”

哈根对布劳伦吉的特殊要求一向很了解，这当儿有点含糊了。

“说啊！海尔曼！会还是不会？”

“我敢肯定他够格。”

“这么说来，他确实会说法国话，对不？”

“嗯。”

“要是那样的话，”布劳伦吉说，“一年级法语我们没法用他，因为这对我们的史密斯先生可就太不公平了。他这学期教初级班法语，只要求他比学生们先多会一课就行了。嗯，桥本先生那个满满登登的中级法语班倒凑巧需要一名助手。你那个人掌握法语读和说都一样在行吗？”

“我再重复一遍，他完全够格。”哈根有些闪烁其词。

“我理解够格是什么意思，”布劳伦吉皱着眉头说，“一九五〇年，哈希离职时，我聘请了那个瑞士滑雪教练员来教法语，他私运进来一些旧法文文选的油印本。这一下子可费了我们差不多一年时间才把那个班又拉回到它原来的水平。现在，那位叫什么来着，要是不会读法语……”

“我想他能读。”哈根叹口气说。

“那我们就更不能用他了。你是知道的，我们只相信会话教学唱片和其他机器设备。不允许看任何书。”

“还有高级法语班呢，”哈根喃喃地说。

“那一部分由卡罗琳娜·斯拉夫斯基和我本人包下了，”布劳伦吉答道。

四

普宁对他那位保护人的苦恼毫不知晓，这个新的秋季学期对他来说反倒开始得特别顺利：要他操心的学生从来没有这样少过，自己用来研究的时间从来没有这样多过。他的研究工作早已进入十分愉快的阶段，探索超过了预定目标而形成一个新的有机体，也可说是成了那个成熟的果实的寄生虫。普宁把思想的视线从原来的工作目标上转移开，你可以在他的著作中一目了然地发现这儿升起一个星号，那儿炫耀一个“原文如此！”的标注。这种研究方法原应避免，因为它破坏了一切，使人达到没完没了的着迷程度。索引卡片越积越多，装满了一个鞋盒，分量也很实在。两种传说之间的核对啦；一个礼仪或服装方面的宝贵细节啦；一个出处一经核对而发现由于无知、疏忽或伪造而不可靠啦；恰当的推测引起的一阵穿透脊梁骨的兴奋啦；数不尽的 bezkorïstnïy[1]（无偏见的、忠实的）学术研究所取得的胜利啦——这一切都把普宁毁了，把他弄成一个欢天喜地的注脚迷，他打扰一本一英尺厚的、沉闷的书中的螨虫，为的是要找到一本更沉闷的书的一个出处。但是，他也有通人

1　用拉丁字母转写的俄文。

情的一面，那就是新近租住了峭壁大街拐角陶德路上的一所小砖房。

这所小房子原是已故马丁·谢泼德一家人住的，马丁是普宁以前克里克街那个房东的本家叔叔，多年来一直是陶德产业的看管人，温代尔市镇当局把那份产业买了过去，为的是把其中杂乱无章的宅邸改建为一所新式疗养院。常春藤和云杉围住了它那上了锁的大门，普宁从他峭壁大街新居的一扇北窗户望出去，远远可以看到它的屋顶。这条大街是“T”字上面的横杆，普宁住在横杆左半边。他的房子对面，一过陶德路（“T”字的竖杆）就从路东一块玉米地延伸过来一条修补过的柏油路，路边沙地上种着一排屏风似的老榆树，而路西则是一排一般高的小枞树，在一道篱笆后面朝校园排去，几乎一直排到离普宁家南边半英里远的另一所住房——大学足球代表队教练处那个放大了的雪茄烟盒似的房子那里。

普宁三十五年来居无定所，受尽折磨，晕头转向，缺乏一种内心深处的安宁，他早就对这种状况感到不耐烦了，如今他独自住在一所四面无邻的房子里，对他来说真是无比高兴，十分满意。这里一个最大的优点就是安静——天堂一般，富有田园气氛，让人心安神定，因此同他过去租住的那些没完没了的噪音从六面传来、把他团团围住的房间相比，真可说是天壤之别。再说这小小的房子多宽敞啊！普宁甚至怀着感恩的惊讶心情，认为根本就没发生过俄国革命，没有背井离乡，没有移居法国，没有加入美国籍，一切——充其量不过是这样，充其量不过是这样，铁莫菲啊！——都会一模一样：在哈尔科夫[1]或喀山[2]当个教授，拥有一所跟这一样的郊区房子，房间里全是古书，屋外盛开晚花。更确切地说，那是一所两层楼的、樱桃色的砖房，白色百叶窗，木瓦屋顶。房子前面那一小块绿茸茸的草地展延大约五十阿尔申[3]，房子后面由一个长满青苔、陡直的峭壁为界，峭壁顶上长着茶褐色灌木。一条粗糙的汽车道沿着房子南侧通向一小间粉刷过的汽车房，里面停放着普宁私有的一辆穷人用的破汽车。车库门上端不知什么缘故悬挂着一个篮子似的怪网兜儿，又有点像弹子球台那挺美的网兜儿——可又缺个篮底——在白墙上映出一个比原型大而颜色更蓝的阴影，网眼清晰无比。车库和峭壁之间那块杂草丛生的空地上常有野鸡光顾。沿着房子一面墙滋生着发蔫的丁香花——俄国式花园的风采，我这位可怜的普宁殷切渴望着绚丽的春色，到处甜甜蜜蜜，蜜蜂嗡嗡地飞来飞去。还有一棵高大的落叶树，普宁这位分辨得出白桦、菩提、杨柳、山杨、白杨、栎树的人却一直闹不清那是一棵什么树，它那铁锈色的心形大叶子在秋高气爽的小阳春时分给门廊前的木头台阶遮着阴凉。

1 Kharkov，乌克兰东北部城市。

2 Kazan，俄罗斯西部鞑靼斯坦首府。

3 arshin(e)，旧俄长度单位。

地下室有个模样歪斜的燃油炉子，尽力通过楼层夹地里的管道把微弱的暖气输送上去。厨房看上去倒还卫生而舒适，普宁跟各式各样的炊具打交道，壶啦、锅啦、烤面包的小炉啦、长柄平底煎锅啦，感到其乐无穷，这些家什都是租这所房子随带而来的。起居室里稀少而寒伧地摆着几件家具，可是墙上有个挺引人注目的凹壁，里面放着一个巨大的地球仪，俄国的版图涂的是淡蓝色，整个波兰是块退了色的或者可以说是蹭掉了的印子。在普宁打算给他的客人安排一次自助冷餐的很小的饭厅里，餐具柜上有一对带坠子的刻花水晶玻璃烛台，清晨反射出漂亮的彩色虹光，使我多愁善感的朋友想起俄国乡村别墅阳台上闪烁着橙、绿、紫色阳光的彩色玻璃窗扉。那个放瓷器的柜子，每次他从旁走过，就咯唧咯唧地响，也跟从前那些昏暗的后室里的情况有点相似。楼上有两间卧室，曾有许多孩子、间或也有大人住过。地面被铁皮玩具划出许多道子。普宁从他决定作卧室的那间屋子的墙上摘下一块三角形的红色硬纸板，那上面用白粉乱涂了一个莫测高深的词：“红衣主教们”；但是房间旮旯里还保留了一把给三岁大的普宁坐的涂粉红漆的小摇椅。那条通往澡房的过道里挤着一台不堪使用的缝纫机，澡房里那个又短又小的澡盆是巨人国专为矮子们设计的，放满水的时间跟俄国学校算术课本里的水槽和水盆放满水所需要的时间一般久。

他现在准备举行那个宴会了。起居室里有一张可以坐三个人的沙发，两把高背椅子，一把垫得又软又厚的安乐椅，一把带蒲席的椅子，一个膝垫和两把脚凳。当他察看一遍那一小张客人的名单时，突然间很奇怪地感到不满意起来。宴会倒是不乏客人，但这些客人缺少特色。当然，他特别喜欢克莱门茨夫妇（品质高尚的一对——跟校内其他大多数笨蛋迥异），他当初做他们的房客时，跟他们有过多么欢快的交谈啊；他当然万分感激海尔曼·哈根多次提拔他，譬如最近哈根还设法提了他的工资；哈根夫人，按温代尔校园里的话来说，当然是“一位可爱的人儿”；当然喽，赛耶夫人一向在图书馆里很帮忙，她的丈夫要是严格避免对天气发议论的话，就有一种镇定人心的本领，表现出了一个人能够保持安静到什么程度。但是把这一伙人凑到一块儿，却没有一丁点儿特色，没有什么新鲜的地方，老普宁又想起自己童年的那些生日宴会——不知什么缘故，总是邀请那六七个孩子啦，夹脚的鞋啦，太阳穴疼啦，以及等到所有的游戏都玩过之后，一个死皮赖脸的表兄开始用好好的新玩具搞出些庸俗无聊的名堂时，他感到的心里不舒坦和烦闷无聊啦；他还记得有一次他们玩捉迷藏，玩得时间挺久，他在女仆房间里一个又黑又闷的衣柜里藏了一个小时，不舒服极了，等钻出来时却发现伙伴们早就回家了，只剩下自己耳朵里还在嗡嗡响。

他到温代尔村和埃苏拉之间那家有名的杂货店买东西，碰见了贝蒂·勃里斯，便也邀请她来参加宴会。她说她还记得屠格涅夫那首蔷薇花散文诗，叠句是“Kak horoshi, kak svezhi[1]（多么美，多么新鲜）”，她当然非常乐意来。他又邀请著名的数学家曼德尔森教授和他的老婆——一位雕塑家，他俩愉快地接受了邀请，可是后来又打来电话表示十二万分的抱歉——他们忘记那天已有约会。他还邀请了眼下已经是位副教授的米勒小伙子和他那个满脸雀斑的漂亮妻子夏洛蒂，可结果她因为快生孩子了，两人都没法前来。他还请了弗里兹楼校役头头凯洛尔老头儿和他的儿子佛兰克，佛兰克是我的朋友惟一有天赋的学生，曾经写过一篇杰出的博士论文交给他，探讨俄文、英文和德文抑扬格之间的关系；可是佛兰克目前正在军队里服役，凯洛尔老头儿坦率地说：“我的老婆子和我不常同教授们混到一块儿。”他打电话到波尔院长家，他有一次在游园会上同院长谈过一次话（关于改进学院课程的事），一直谈到天下雨为止，因此他请院长务必光临，可是院长侄女答道她伯父现在“除了去少数几个知交朋友家之外，不拜访任何人了”。他正打算放弃再增添什么客人来活跃宴会气氛时，忽然想出一个十分新颖而确实很妙的主意来。

1 用拉丁字母转写的俄文。

五

我和普宁对一桩挺烦人的、却难得讨论的事早就有一致的看法，那就是您无论在哪一所学府的教员队伍里，都不仅可以找到一个人长得特别像您的牙医或者当地邮政局局长，而且还可以找到一个在他的本行里另有一位跟他犹如双胞胎似的人。说真的，我知道在一所相当小的学院里出现过一起类似三胞胎的例子，据那位眼光敏锐的校长佛兰克·里德说，那三驾马车的中心人物，说也荒唐，竟是鄙人；我还记得已故的奥尔嘉·克劳特基有一次对我说，就在她这位只有半个肺的可怜女士不得不教忘川语和葫芦巴语[1]的一家战时的语言专科学校里，仅在五十来个教员当中，除了这位真的、对我来说是独一无二的宝贝普宁之外，竟另外还有六位普宁。因此，甚至连普宁这位在日常生活中马马虎虎的人（在温代尔任教的第九个年头）也不由得注意到一个瘦高个儿、戴眼镜的老头儿，几缕学究式青灰色头发耷拉在他那皱紧的小眉毛右边，尖鼻子两旁各有一道深沟一直通到他那长长的上嘴唇两角——普宁知道这人

---

1 Lethean 和 Fenugreek，其实并无这两种语言，因为两词近似立陶宛语和希腊语，作者戏谑地假拟之。忘川是希腊神话中的一条河，人饮之就会忘却过去的一切；葫芦巴是一种一年生豆科植物。

是鸟类学系主任托马斯·维恩教授，有一次在宴会上还跟他谈起过欢快的金莺、忧郁的布谷鸟和其他俄国乡间的鸟儿——却并不一定是维恩教授。有几次，他好像把别人错当维恩教授了，普宁叫不上那人的名字，可他却带着外国人爱说双关语的那种雅兴，把那人归为"特维恩"[1]（或者照普宁的念法"特温"）一类。我这位朋友和同胞很快就领悟到他永远没法闹清楚他每隔一天都在校园几处地点，办公室和教室之间啦，教室和楼梯之间啦，饮水喷泉和厕所之间啦，遇到的那位猫头鹰脸、步履飞快的绅士，究竟是那位他觉得应当打个招呼的、有一面之交的鸟类学家呢，还是另外那位长得很像维恩的陌生人，那人像任何有一面之交的人那样，对普宁淡淡的招呼也会由于礼貌上的习惯而略微点点头。这种碰头的时间仅是一刹那，因为普宁和维恩（或是特维恩）都走得挺快；有时普宁为了回避交换一声这种温文尔雅的吠叫，就会假装一面急走一面看一封信，或者想法闪开这位匆匆迎面而来的同事兼折磨者，就会突然转向楼梯口，下到底下一层楼的通道里继续朝前走；可是他刚对自己这种机灵的做法沾沾自喜，有一天在他故伎重演时，却在底下一层楼的通道里差点儿跟噔噔过来的特温（或是温）撞个满怀。新的秋季学期（普宁任教的第十个年头）开始后，他的上课时间有了改变，这种厌烦的情况更为加剧了，他为了尽量回避维

1 Twynn，双胞胎。

恩和他的相似者，原来学会依靠的某些办法也只好放弃。看来他不得不永远容忍这种情况了。回想以往某些类似的情况——那种只有他看得出来的令人困惑的相似，烦恼的普宁告诉自己，要别人来帮助解答这一双托·维恩之谜没有多大用途。

就在请客那一天，他在弗里兹楼饭厅里快要吃完很迟的午餐，维恩或者那位跟他非常相似的人突然在他身旁坐下，过去这两个人可谁也没在这里露过面，那人说：

"我老早就想向您请教点事——您教俄语，对不？去年夏天，我看了杂志上一篇谈鸟的文章……"

（"温！这位是温！"普宁心想，当即觉察到可以采取一个什么样的决定性步骤。）

"……嗯，这篇文章的作者——我记不得他的名字了，我想是个俄国人吧——提到在斯考夫地区，我希望没发错音，当地人烤一种鸟形蛋糕。当然，基本上是象征阴茎，我不晓得您知不知道这样一种风俗？"

就在这当儿普宁脑子里闪现了那个聪明的想法。

"先生，我听您的吩咐，"他说，高兴得声音在嗓子眼里直颤悠——因为他现在已经十分有把握断定这人无疑就是最初那位喜欢鸟的维恩了，"是的，先生，我十分熟悉那些 zhavoronki[1]，那些 alouettes[2]，那些——咱们得查查辞典方能找出

1 用拉丁字母转写的俄文，云雀。

2 法文，云雀。

它的英语同义词。因此我借此机会请您今晚光临舍下。午后八点半。一个小小的搬进新居的聚会，没别的。请带尊夫人一道来——要不，您别是个红心学士[1]吧？”

（唉，爱耍双关语的普宁！）

对方说他还没结婚。他非常愿意来。地址是哪里？

“陶德路九百九十九号，很好记！就在那条鲁（路）的顶顶末端，跟峭比（壁）大结（街）联结的地方。一所肖（小）转（砖）瓦房子，后面有个达（大）赫（黑）峭比（壁）。”

1 Bachelor of Hearts，红心是爱情的象征，学士又可解释为单身汉。

六

那天下午，普宁迫不及待地走进厨房动手做饭。五点刚过，他就动起手来，中间只停下来一会儿，为了换上接待客人的装束，他穿上一件有流苏腰带和缎子翻领的、奢华的蓝绸吸烟服，这还是二十年前在巴黎一次流亡者举办的慈善集会上赢得的奖品——时间过得多快哟！配这件上装的一条旧的夜礼服裤子也同样是欧洲货。他把那副看书用的宽玳瑁眼镜架在他那鼓出来的、俄国土豆样的、滑溜溜的鼻子上，对着药柜的裂了缝的镜子端详一下。他龇出假牙看看。他检查一下脸蛋儿和下巴颏子，看看早上刮的脸还行不行。还行。他用大拇指和食指揪一根长鼻毛，使劲揪了第二下才把它拔下来，于是乎“阿嚏”打了一个喷嚏，声音响得像一次爆炸。

七点半，贝蒂来了，帮他最后布置一番。贝蒂如今在埃苏拉中学教英语和历史。她变化不大，还跟当初那个健壮的毕业生一个样儿。粉红色眼镜框后面的一对患近视的灰眼睛依然坦率而怜悯地瞧着你。她依然梳着甘泪卿[1]的发型，把厚厚的头发盘在脑袋上。柔软的脖子上那个伤疤还在。但是胖手上出现

1 Gretchen，《浮士德》中的女主人公，被浮士德诱惑，生一小孩被她掐死，后被判死罪。

了一个小钻石订婚戒指，她带着忸怩的骄傲显露给普宁看，他呢，暗自感到一阵愁楚。他想起有一阵子他蛮可以追求她——要是她头脑里没有保姆那样的想法，这一点她至今也没改掉，他确实会向她求爱的。她现在还能照一种“她说——我说——她说”的方式讲个挺长的故事。无论如何您也没法叫她别去相信她喜爱的妇女杂志所宣扬的那套学问和小聪明。她仍然要弄那个古怪的小把戏——在普宁小小的社交圈子里还有两三个小家子气的年轻妇女也喜欢那一套——那就是当您提醒她一件无关紧要的事儿时，她就会在您的衣袖上迟迟疑疑地拍一下，以表示承认或者毋宁说是反击：您会说，“贝蒂，你忘了还那本书啦”或者“贝蒂，我还当你说过一辈子不结婚呢”，她在作出具体回答之前，就会来一下那个假正经的动作，同一瞬间又缩回她那碰到您手腕的胖乎乎的手指头。

“他是个生化学家，眼下在匹兹堡工作。”贝蒂一边说，一边帮助普宁把抹了黄油的法国面包片摆在一罐新鲜而滑溜溜的灰色鱼子酱周围，还洗干净三大串葡萄。另外还有一大盘拼盘啦，真正德国稞麦粗面包啦，一碟加了特种佐料、搭配泡菜和青豆的冷虾啦，番茄酱拌的小红肠啦，热 pirozhki[1]（蘑菇馅饼、肉馅饼、白菜馅饼）啦，外加四种干果和各种好吃的东方甜食。饮料包括威士忌（贝蒂送的礼）、ryabinovka[2]（一种花椒

1　用拉丁字母转写的俄文，馅饼。

2　用拉丁字母转写的俄文。

浆果酒)、白兰地加石榴汁的鸡尾酒，当然还有普宁的五味酒，一种由冰镇的法国葡萄酒、葡萄柚汁和樱桃酒掺和的容易使人陶醉的烈酒，这位一本正经的主人已经把它们倒在一个带有涡旋罗纹和百合花底纹的海蓝色耀眼的玻璃大碗里搅起来。

“唷，多漂亮的碗啊！”贝蒂喊道。

普宁用满意的惊奇目光瞥了一眼那个碗，仿佛头一次看到它似的。他说这是维克多送的礼物。对了，他现在好吗？他喜欢圣巴托学校吗？他认为还可以。他初夏是在加利福尼亚跟他妈一起度过的，后来又在一家约塞米蒂饭店里干了两个月的活儿。一家什么来着？是一家加利福尼亚山间的饭店。嗯，他后来又回到学校，忽然寄来了这件礼物。

这个碗寄到的那一天，甭说有多巧了，正好是普宁清点椅子，准备大摆宴席那一天。它是用一只大盒子，里面又是一层盒子，再加第三层盒子包装后寄来的，其中塞满了一大堆乱纸和木屑，一打开来就弄得厨房里哪儿哪儿都是，真像过狂欢节撒花纸那样。那个涌现出来的碗，在收礼人脑子里产生的头一个印象就是一个色彩缤纷的形象，一个模糊的美丽的东西，以巨大的象征力量反映了送礼人可爱的性格，以至于它实质上的特性仿佛反倒熔化在那纯洁的内心的火焰中了，可是一经不了解它那真正可贵之处的局外人的称赞，便突然一劳永逸地跃为灿烂的实体了。

七

这所小房子里回响着一阵音乐般丁零零的按铃声，克莱门茨夫妇带着一瓶法国香槟酒，捧着一束大丽花走进来。

深蓝眼睛、长睫毛、短头发的琼穿一套比校内其他任何一位教员的妻子所能设计出来的衣服都要时髦的、旧的黑绸衣服。看到秃顶的好老头儿铁姆·普宁低头轻轻亲吻琼那只轻盈的手，总叫人觉得是件乐事，她在所有温代尔女士们当中是惟一知道让一位俄国绅士亲吻时该把手抬到多高的。越来越胖的劳仑斯，身穿漂亮的灰色法兰绒西服，刚一坐进那把安乐椅，就顺手抄起手边的一本书，一看原来是本英俄—俄英袖珍词典。他一只手拿着眼镜，朝旁边望去，尽量想一想几个他一直想查而现在却又记不起来的词，那副样儿尽管年轻一点，却非常像约翰·凡·艾克那幅画儿上的凡·德尔贝莱神甫，髆骨宽阔，头发蓬松，那位好神甫正由一个装扮成圣乔治的监督人指点他注意一个慌张失措的圣贞女，从而在她面前露出一副发呆的神情。一切都历历在目——双眉紧锁的脑门子啦、悲伤而沉思的目光啦、脸蛋上的皱褶啦、薄薄的嘴唇啦，甚至连左边脸上那个疣子也原封没动。

克莱门茨夫妇还没坐定，贝蒂又开门让进那位对鸟形蛋糕感兴趣的先生。普宁正要称呼他“温教授”，琼——也许颇为遗憾——却打断了他的介绍说：“哦，我们认识托马斯！谁不认识托姆呢？”铁姆·普宁回到厨房，贝蒂向大家敬了保加利亚烟卷儿。

“托马斯，我还当，”克莱门茨架着他那肥胖的腿说，“你到哈瓦那采访那些爬棕榈树的渔民去了呢！”

“唔，我准备下半年去，”托马斯博士说，“当然，大部分现场工作已由别人完成了。”

“不过，得到那笔补助奖金还是挺不赖，对不？”

“在我们这一行里，”托马斯心安理得地答道，“我们得做许多艰苦的旅行啊。真格的，我很可能要蹚下去，一直到达向风群岛[1]。如果，”他苦笑一声，“麦卡锡参议员不对国外旅行采取严厉措施的话，就好办了。”

“他得到一笔一万美元的补助金咧。”琼告诉贝蒂，后者脸上立刻做了个请安的表情，这个特殊的怪相就是把下巴和下嘴唇绷紧，慢慢点一下头，贝蒂这类人在和自己的上司共进午餐，见到一位上了《名人录》的人物，或者会见一位公爵夫人这种了不起的场合时，就会不由自主地表现出来那种恭敬、庆贺和有点敬畏的神情。

1 Windward Islands，西印度群岛的一部分。

赛耶夫妇是开一辆崭新的小旅行汽车来的，送给主人一盒包装精美的薄荷糖。哈根博士是徒步来的，得意地高举着一瓶伏特加酒。

“晚上好，晚上好，晚上好。”兴高采烈的哈根说。

“哈根博士，”托马斯一边握手，一边对他说，“我希望那位参议员没看见您手里拿着那个玩意儿在街上走来走去。”

这位心地善良的博士从去年起明显地见老了，不过还像往常那样壮实，宽肩膀，方下巴，方鼻孔，狮子似的眉宇，一头像灌木那样修剪过的、长方刷子似的灰白头发。他穿一套黑西服，里面穿一件尼龙白衬衫，打一条带有红色闪电花纹的黑领带。哈根夫人因为临时犯了她那可怕的周期性偏头痛不能来了，真抱歉。

普宁招待大家喝鸡尾酒，“或者管它叫火烈鸟尾酒——特别是对鸟类学家来说，也许更合适些，”他妙趣横生地说。

“谢谢！”赛耶夫人接过酒杯时一边唱歌似地说，一边扬起她那长条的眉毛，表示一种文雅的探询，其中搀和着惊奇、谦虚和愉快的意思。她是一位漂亮、五官端正、粉红脸膛的四十来岁的妇女，一口珍珠般的小白牙，金色波浪鬈发，她是时髦而自在的琼·克莱门茨的外地表亲，走遍了全世界，连土耳其和埃及都到过，嫁给了温代尔学府里最古怪而且最不像学者的学者。这里也应该说玛格丽特·赛耶的丈夫罗伊一句好话，他是英语系一位多愁善感、沉默寡言的成员，这个系，除去热情奔放的系主任考克瑞尔之外，是疑心病患者的老窝。外表上，罗伊是个扎眼的人物。如果您给他画张像，先画一双棕色旧平底鞋，胳膊肘上两块浅米色补丁，一个黑烟斗，两道浓眉下一对囊泡眼，其他部分就容易填补上了。当中某处还隐隐约约存在一点肝病的象征，背景某处有十八世纪的诗歌，这是罗伊的专业，一片被啃得够苦的草地，还有一条涓涓小溪和密密丛丛的一团小树丛；这块地盘两边都由带刺的铁蒺藜网拦起来，一边跟斯托教授的领域相隔开，他是研究前一世纪的，那里的绵羊更白一些，草皮更柔软一些，小溪清澈得多；另一边跟夏皮罗博士的十九世纪初期的领域分开，那里薄雾笼罩着幽谷，海上多雾，还有进口的葡萄。罗伊·赛耶一向回避谈论他的专业，事实上回避谈论任何一个专题，他浪费了十年黯淡的光阴写了一部研究一群早被人遗忘的多余的打油诗人的渊博著作，他还用密码诗歌体记载了一份详细日记，希望有朝一日后代能破译出来，清醒地回顾一下，并宣布这是我们时代最伟大的文学成就——依我个人之见，罗伊·赛耶，你可能做得对。

大家都舒舒服服地一边猛喝，一边赞扬鸡尾酒时，普宁教授便在他新近认识的那个朋友身旁一个一坐就呼哧呼哧响的膝垫上坐下来说：

“您向我打听云雀，俄文里是 zhavoronok，我感到很荣幸，先生，我得向您汇报一下这方面的情况。请把这个带回家去吧。我用打字机给您打了一份压缩过的叙述，并附有书目。现在我想咱们可以挪步到另外一间屋里去啦，一顿 à la fourchette[1] 晚餐正在等着咱们呐！”

1 法文，自助式。

八

没多大工夫，客人们又端着盛满佳肴的盘子回到起居室来。五味酒也端过来了。

“哎呀，铁莫菲，你打哪儿弄到了这么一个漂亮极了的碗啊！”琼惊叹道。

“维克多送给我的。”

“可他究竟打哪儿弄到的呀？”

“我想大概是克兰顿的古玩店吧。”

“我的天，一定贵得不得了吧。”

“一美元？十美元？也许不要那么多？”

“十美元——瞎说八道！我看呐，至少得值两百。你瞧！瞧上面这扭花花纹。你知道，你应当让考克瑞尔夫妇看一眼。他们对古玻璃玩意儿最内行。他们有一个莱克·顿莫尔做的凉水罐，要跟这个一比可就差得远了。”

玛格丽特·赛耶也跟着欣赏一番，说她小时候想象灰姑娘穿的那双玻璃鞋就是这种蓝里透绿的颜色；可是普宁教授提出两点，primo[1]：请大家说一说容器里装的饮料是不是也一样好；

---

1 拉丁文，第一。

secundo[1]：灰姑娘的鞋其实不是玻璃做的，而是一种俄罗斯松鼠皮，法文是 vair，做的。他说这是词汇里一个适者生存的明显例子，verre[2] 比 vair 更有号召力，他还认为 vair 这个词并非源自 varius（杂色毛）这个词，而是来自 veveritsa 这个斯拉夫词，意思就是某种美丽的、冬季的浅色松鼠皮，稍有点发蓝，或者说 sizïly，鸽子似的颜色更合适——这个词源自拉丁词，columba（鸽子），在场一定有不少人深知的——“所以，赛耶夫人，您基本上是正确的。”

“里面的玩意儿也不赖。”劳仑斯·克莱门茨说。

“这饮料的确美不可言。”玛格丽特·赛耶说。

（“我过去一直当‘columbine’[3]是一种花的名字呐。”托马斯对贝蒂说，后者稍稍点点头。）

接着，大家回顾一下几个孩子的年纪。维克多快满十五周岁啦。赛耶夫人大姐的孙女爱琳整五岁。伊莎贝尔二十三岁，眼下在纽约当女秘书，干得挺带劲。哈根博士的女儿二十四岁，正在和一位二十年代的电影明星、如今是个非常慈祥的老太太，多丽安娜·卡兰，在巴伐利亚和瑞士旅行，度过了一个美妙的暑假，就快从欧洲回来了。

电话铃响了。有人要找谢泼德太太说话。毫无心理准备的

1　拉丁文，第二。

2　法文，玻璃。

3　此词又可解释为蓝花耧斗菜。

普宁，往常对这类事必定结结巴巴，说不出个所以然来，而这回却带着异乎寻常的准确性，不但顺口就说出谢泼德太太现在住的地址和电话号码，而且还把她大儿子的地址和电话号码也一块儿告诉对方了。

九

到了十点钟，普宁的五味酒和贝蒂的苏格兰威士忌闹得几位客人说话的嗓门越来越响，而自己却并没觉察到。赛耶夫人左边耳环那个小蓝星星下面的大半个脖子涨得绯红，她笔挺地坐着，正在讲她图书馆里的两位同事长期为了鸡毛蒜皮的事而不和，来逗主人乐。这不过是办公室里极其普通的琐事，可是她一会儿学施里尔[1]小姐的尖嗓门，一会儿又学巴索[2]先生的男低音，再加上普宁意识到这个晚会进行得挺顺利，使他高兴得低着脑袋，一手遮脸，哈哈大笑不已。罗伊·赛耶一边瞧着他那汗毛孔多的灰鼻头下面的五味酒，一边独自会心地微笑，彬彬有礼地听琼·克莱门茨扯淡，这当儿她可有点醉貌咕咚了，要么做出一副一个劲儿眨巴眼的迷人样儿，要么甚至紧紧闭上她那长着黑睫毛的蓝眼睛，说起话来也气喘吁吁，嗯啊呃地一停一顿，不是点断句子就是积蓄新的冲劲："可您不认为——呃——他想要干的——呃——差不多在他每部小说里——呃——就是要表达某些叫人难以置信地反复再现的情况吗？"贝蒂一直保持清醒的头脑，挺内行地照料大家的饮料。房间凹

1 Shrill，尖声。

2 Basso，男低音。

壁那边，克莱门茨沉着脸，没完没了地转动那个地球仪，哈根正在谨慎地避免用他在比较情投意合的场合中所惯用的那种口气，把布劳伦吉夫人讲给哈根夫人听的有关爱德尔森夫人的新闻，再转告给克莱门茨和咧嘴笑的托马斯听。普宁端着一盘杏仁糖走了过来。

“我们谈的内容，铁莫菲，你那贞洁的耳朵可听不得，”哈根对普宁说，普宁素来承认他对任何“猥亵的轶事”从来都没领略出什么滋味。“不过嘛——”

克莱门茨溜达到女客那边去了。哈根又把那个趣闻重说一遍，托马斯又龇牙咧嘴地笑起来。普宁用手朝讲故事的人打个俄国式表示厌恶的“接着说你的吧”手势，还添了一句：

“三十五年前，我就在敖德萨听到过这种趣闻轶事，可是，就连那时候我都没闹明白那里面有什么可逗人乐的地方。”

一〇

晚会进行到更迟阶段，宾客之间的交谈又重新做了调整。克莱门茨感到无聊，坐在那张两用长沙发一头翻阅一本《佛兰德派[1]画家杰作集》，这本画册是维克多的母亲送给孩子的，后来他又留给普宁了。琼坐在一个脚凳上，紧挨着她丈夫的膝盖，宽大的裙子上放着一盘葡萄，正在琢磨什么时候告辞才不至于伤害铁莫菲的感情。别人都在听哈根就当代教育问题发表高论：

“你们也许会笑……”他一边说，一边向克莱门茨投了个尖锐的眼色，后者摇摇头，表示拒绝接受这一指责，接着把那本画册递给琼，指着里面某一张突然引起他兴趣的画儿。

“你们也许会笑，可我敢说惟一摆脱困境的办法——只要一点儿，铁莫菲：好好，够了——就是把学生统统锁在隔音室里，干脆取消讲堂。”

“对，应该那么办，”琼小声冲她丈夫说，把画册又递还给他。

“我很高兴你同意我的意见，琼，”哈根接着往下说，“可我因为阐述了这套理论而被人称为 enfant terrible[2]，不过，等你

1 Flemish，十五至十九世纪佛兰德画家形成的一个绘画流派。

2 法文，捣蛋鬼。

们听我讲完之后也许就不会那么轻易地同意啦。各门学科的讲座尽可能都给灌成唱片，供隔离开来的学生选听……”

“可是教师的个性，”玛格丽特·赛耶说，“肯定在他讲课的时候起点作用啊。”

“根本没用！”哈根喊道，“悲剧就在于此！举例来说，有谁需要他”——他指着容光焕发的普宁——“谁需要他的个性呢？没人要！他们毫不理会铁莫菲那种绝妙的个性。现世要的是一台机器，而不是一个铁莫菲。”

“可以叫铁莫菲上电视广播嘛，”克莱门茨说。

“噢，那敢情太好啦，”琼冲她的主人微笑着说，贝蒂也连连点头。普宁向她们深深鞠躬，还张开两臂做个“我被缴了械”的姿势。

“您对我这个引起争议的计划有何高见？”哈根问托马斯。

“我可以把托姆的想法讲给您听，”克莱门茨说，眼光依旧注视着腿上打开来的画册里面那幅画。“托姆认为最好的教学方法就是靠课堂讨论，也就是说让二十个年轻的傻瓜和两个趾高气扬、发精神病的家伙，就一个他们和老师都闹不明白的题目进行五十分钟的讨论。喏，最近三个月，”他毫无逻辑地转了话题，“我一直在找这张画儿，今儿个总算找到了。我那部关于‘手势哲学’的新著，出版商要一张我的相片。琼和我都记得我们不知在什么地方见到过一位大师画的古人像十分像我，可又记不清他的时代了。可您瞧，就在这儿呐，就在这儿呐。需要修描的地方只不过是加一件运动衫，取消这位战士的手就行了。”

“我必须得抗议，”托马斯开始说。

克莱门茨把打开的画册递给玛格丽特·赛耶看，她哈哈大笑起来。

“我得抗议，劳仑斯，”托姆说，“比起那种老式的死板的讲课办法来，在广阔归纳的气氛中的这种轻松自在的讨论，对教育来说，是一种更切合实际的做法。”

“当然，当然，”克莱门茨说。

普宁要给琼的酒杯再斟满，她急忙站起来，用小手捂住杯子。赛耶夫人看看手表，又看看她的丈夫。劳仑斯张嘴打了个小呵欠。贝蒂问托马斯认不认识一个住在古巴圣克拉拉的、名叫福格曼的蝙蝠专家。哈根要一杯白开水，啤酒也行。他长得像谁呀？普宁蓦地想到。埃里克·温德吗？为什么？他俩在体形上可没有什么相似的地方。

一一

最后一个场面是在门廊里。哈根找不到他来时拄着的那根手杖了（它其实掉在盥洗室的一根管子后面了）。

“我可能把钱包忘在我刚才坐的地方啦，”赛耶夫人说，一面尽可能轻地把她那陷入沉思的丈夫朝客厅推了一下。

普宁和克莱门茨，像两尊酒足饭饱的门神，正站在起居室门外两侧，交谈最后几句话，两人同时把肚子往里一缩，让一声不响的赛耶走进去。在房间正中央，托马斯教授和勃里斯小姐——他背着两只手，时不时踮起脚后跟，她呢，手里端着托盘——两人站在那里正在讨论古巴，据贝蒂所知，她的未婚夫有个表亲在那里住过很长一段时间。赛耶跌跌撞撞地从这把椅子找到另一把椅子，也不知道到底在哪儿居然捡到一个白色手提包，因为他脑子里正忙着构思当晚要在日记上记载的词句：

我们坐在那儿喝酒，各人有各人的往事锁闭在心田；而命运的闹钟拨好在未知的将来——这时，终于有一个手腕抬起来，配偶之间的眼神相遇……

这当儿，普宁问琼·克莱门茨和玛格丽特·赛耶愿不愿意上楼看一看他把房间布置得怎么样。这个主意引起了她们的兴致。于是，他在前面领路。他现在那间所谓的工作室显得十分舒适，那划了七横八竖的道道的地板上铺了那条多少有点像巴基斯坦出品的地毯，它原来是为他学校里那间办公室购置的，最近他一声不吭地从大吃一惊的法特恩弗斯脚底下抽了回来。一条普宁一九四〇年离开欧洲、横渡大西洋时盖的格子毛毯和一些具有特殊风格的靠垫，装饰着那张不能移动的床。几个粉红色书架子，他发现上面本来放着好几代儿童读物——从一八八九年小霍拉旭·阿尔吉尔[1]的《擦皮鞋的汤姆，或通往成功之路》开始，通过一九一一年厄纳斯特·汤普逊·赛顿[2]的《森林里的罗尔夫》，一直到一九二八年版附有模糊小照片的十卷本《康顿插图百科全书》——如今他都给撤下来，换上了他从温代尔学院图书馆借来的三百六十五本书。

“想想看这些书都是我盖的章啊。”赛耶夫人叹了口气说，转动眼珠子，装出一副惊愕的模样儿。

“也有些是米勒夫人盖的章。”这位对历史事实一丝不苟的普宁说。

---

1 Horatio Alger，Jr（1832—1899），美国儿童读物作家，一生写过一百二十种儿童读物，主人公多半是擦皮鞋和卖报纸的孩子，由于品德优良而得到财富和成功。

2 Ernest Thompson Seton（1860—1946），出生在英国的美籍博物学家与作家，为儿童写了许多自绘插图的动物书籍，代表作有《我所知道的野生动物》等。

卧室给参观者印象最深的是一座挺大的折叠屏风，挡住了那张有四根帐杆的卧床，使它免受那种不可不防的过堂风吹，此外是从那排小窗户望出去的景致：五十英尺开外骤然竖起一道黑色的石壁，顶上黑乎乎的草木上方是一片黯淡的星空。劳仑斯独自一人在后面的草坪上溜达，穿过一扇窗户映在地上的倒影，走进幽暗之处。

“你总算真的过得蛮惬意了，”琼说。

“你知道我要告诉你点什么，”普宁得意扬扬，暗自低声答道。“明天早上，在那道神米（秘）之幕下，我要会见一位准备帮我买下这所房子的先生咧！”

他们走下楼来。罗伊把贝蒂的小手提包错递给他太太了。海尔曼找到了他的手杖。玛格丽特的小手提包找到了。劳仑斯重新露面。

“再见，再见，温教授！”普宁大声喊道，他的脸在门廊的灯光下又红又圆。

（在门厅里，贝蒂和玛格丽特还在欣赏扬扬得意的哈根博士那根最近刚从德国收到的多节手杖，它的顶端刻着一个驴头。驴头的一只耳朵还会晃动。这根手杖原来属于哈根那位出生在巴伐利亚的爷爷，一位乡村牧师。根据牧师留下的一张纸条上的说明，另一只耳朵的机关是一九一四年坏了的。哈根说他拿这根手杖是为了防绿坪街的某条阿尔萨斯狗。美国的狗对街上的行人不习惯。他本人一向喜欢步行而不爱开车。那只耳朵修理不好了，至少在温代尔是一点办法也没有。）

“我现在真闹不明白他干吗那样称呼我，”人类学教授特·维·托马斯对克莱门茨夫妇说，他们正一块儿穿过忧郁的黑暗，朝四辆停在马路对面榆树下的汽车走去。

“我们这位朋友，”克莱门茨答道，“有他自己一套命名的方法。他嘴里变化无穷，给生活增添了乐趣。他把字音念错，奇妙得跟神话一般。他即使说溜了嘴，也是深奥难解的。他管内人叫约翰。”

“可我还是觉得有点别扭，”托马斯说。

“他可能把你当成另外一个人了，”克莱门茨说，“据我所知，你真可能就是另外那个人。”

在他们穿过马路之前，哈根博士赶了上来。托马斯看上去还是困惑不解，向大家告辞走了。

“好啦，再见，”哈根说。

这是一个美好的秋夜，大地犹如丝绒，苍穹宛如钢铁。

琼问：

“你真的不搭我们的车，让我们送你一趟吗？”

“走十分钟路就到了。这样美妙的夜晚，真叫人想溜达溜达。”

三个人站在那里，凝视了一会儿星星。

“这些全都是世界啊，”哈根说。

“否则，”克莱门茨打了个呵欠说，“也许是可怕的乱七八糟的一团。我怀疑宇宙原本是个发荧光的尸体，而我们就在那里面。”

从亮着灯的门廊那边传来普宁爽朗的笑声，他刚向赛耶夫妇和贝蒂·勃里斯讲完他有一次也取回一个别人的网线兜。

“来吧，我的发荧光的尸体，咱们走吧，”琼说，“今天晚上见到您真高兴，海尔曼。代我问候伊姆佳德。今天的晚会真痛快。我从来没见过铁莫菲这样高兴。”

“是啊，谢谢您，”哈根心不在焉地答道。

“您可没看见他那副神气，”琼说，“他跟我说明天他就要跟一个房地产经纪人谈谈，想买下这所理想的房子呢。”

“他说了吗？您肯定他那样说了吗？”哈根尖声问。

“十分肯定，”琼说，“而且要是有谁最需要一所房子的话，那当然就是铁莫菲。”

“好啦，晚安，”哈根说，“很高兴你们能来。晚安。”

他等他们上了车，犹豫了一下，又朝亮着灯的门廊走回来，普宁像站在舞台上那样，正在那儿跟赛耶夫妇和贝蒂握第二遍或第三遍手。

（“我永远也不会，”琼一边转动驾驶盘向后倒车，一边说，“绝不会让我的孩子跟那个搞同性恋的老太婆一块儿出国。”“小心，”劳仑斯说，“他可能喝醉了酒，可耳朵还挺尖。”）

“我永远不能原谅你，”贝蒂对她的兴高采烈的主人说，“不让我帮你刷洗家伙。”

“我会帮他洗的，”哈根说，一面用手杖橐橐敲着台阶，一面走上来。“孩子们，你们走吧。”

最后又握了一轮手，赛耶夫妇和贝蒂就走了。

一二

“首先，”哈根一边说，一边和普宁重返起居室，“我想咱俩再喝最后一杯吧。”

“太好了。太好了！”普宁喊道，“咱俩干脆把我这个cruchon[1]喝干。”

两人舒舒服服坐好，哈根博士说：

“铁莫菲，你真是个百里挑一的主人。大家都过得挺愉快。我祖父常说一杯好酒总是应该像上断头台前喝末一杯酒时那样慢慢呷，那样呷滋味才对。我纳闷你往这五味酒里掺了什么。我也纳闷你真像咱们可爱的琼所肯定的那样，打算买下这所房子吗？”

“不光是打算——还想窥探一下是否有这个可能呢，”普宁格格地笑着说。

“我对你这样做是否聪明表示怀疑，”哈根接着说，慢慢呷他那杯酒。

“当然啦，我指望最终能得到终身执教权，”普宁挺俏皮地说，“我已经当了九年助理教授。不少年喽。我就快成为荣誉

1 法文，小罐。

助理教授了。哈根，你怎么不吭声啊？”

“你使我处境很尴尬，铁莫菲。我真希望你没提出这个具体问题就好了。”

“我没提出这个问题。我只不过说指望罢了——唔，不一定是明年，但是譬如说，在农奴解放[1]百周年纪念时——温代尔也许会授我副教授衔吧。”

“好啦，你瞧，我亲爱的朋友，我得告诉你一桩叫人难过的秘密事儿。这事还没公开，你得答应我不跟任何人说。”

“我发誓跟谁也不说，”普宁举起一只手赌咒。

“你一定也知道，”哈根接着说，“我花了多大心血才慢慢把咱们这个了不起的系办起来。我现在也不年轻了。铁莫菲，你说你在这里待了九年。可我把我的二十九年中的一切统统交给这所大学了！在下的一切，正如我的朋友克拉夫特博士前几天给我写来一封信所说的那样：海尔曼·哈根，你一个人单枪匹马在美国为德国做出的贡献比咱们所有的传教团在德国为美国做出的贡献还要多。可现在又怎么样了呢？我在怀里亲手把那条龙，那个法特恩弗斯哺养大，他现在已经依靠手段，使自己盘踞重要位置。这项阴谋的详细情况，我就从略不跟你说了！”

“唉，”普宁叹口气说，“阴谋实在太可怕啦，太可怕啦。不过另一方面，正派的工作终究会显出优点的。咱们两人明年

1 指一八六一年俄国农奴解放，至一九六一年为百周年。

可以开几门我早就计划开的精彩的新课程。论暴政啦，论酷刑啦，论尼古拉一世[1]啦，论一切近代暴行的老祖宗啦。哈根，咱们谈到非正义时，往往忘掉亚美尼亚大屠杀，西藏发明的酷刑，非洲的殖民主义者……人类史就是一部苦难史！”

哈根哈着腰，用手在他朋友疙里疙瘩的膝盖上轻轻拍了一下。

“你可真是一位绝妙的浪漫主义者，铁莫菲，而且在比较愉快的处境中的……话说回来，我可以告诉你春季这一学期咱们要干点不寻常的事哩。咱们要上演一批戏剧节目——从科采布到霍普特曼[2]的戏剧片段。我把这看作一次登峰造极的事件……但是咱们也别抱太大的希望。我本人也是个浪漫主义者，铁莫菲，所以不能按照校董们对我期望的那样，同布多那号人合作。克拉夫特就要在西堡德学院退休了，提出要我从今年秋季起去补他的缺。”

“向您道喜，”普宁热情地说。

“谢谢，我的朋友。这确实是个很好而且很显要的职位。我将会把我在这里得到的宝贵经验应用于更广泛的学术研究和行政管理方面上去。既然我知道布多不会继续留你在德语系，我的第一步当然是建议你跟我一道去，可是他们说即使没

1　Nicholas the First（1796—1855），俄国沙皇。

2　Gerhart Hauptmann（1862—1946），德国著名剧作家，一生写过四十二个剧本。

有你，西堡德学院的斯拉夫语文研究者也已经够多的了。所以我找布劳伦吉谈谈，可是这儿的法语系也已满额。这可太糟心啦，因为温代尔觉得让你开两三门不再吸引学生的俄语课程而付给你工资，在经济负担上不值得。我们大家都知道，美国的政治倾向也使人们对俄国玩意儿都不再感兴趣。另外，你一定会高兴得知英语系正在聘请你的一位最杰出的同胞，一位的确引人入胜的讲师——我听他讲过一次；我想他是你的一位老朋友吧。"

普宁清清喉咙问："这意思是说他们要辞退我啦？"

"唉，你也别太难过了，铁莫菲。我敢肯定，你的老朋友……"

"谁是老朋友？"普宁眯起眼睛问。

哈根说出那位引人入胜的讲师的姓名。

普宁向前探着身子，两个胳膊肘儿搁在膝盖上，两只手忽儿握紧，忽儿松开，嘴里说："对，我认识他三十多年了。我们俩是朋友，可有一件事是肯定了的，那就是我永远不会在他手下工作。"

"哦，我想你应当先不要理会这件事。也许可以找到个解决办法。不管怎么说，咱们有的是机会讨论这事。咱俩，我和你，还继续教咱们的课，就好比没事似的，nicht wahr[1]？咱们

1 德文，是不是。

应该勇敢，铁莫菲！”

“这么说，他们已经把我辞退了。”普宁紧握两只手，点着头说。

“是的，咱俩处境相同，遭遇一样。”乐观的哈根说，随后站起来。时间已经很晚。

“我走啦[1]，”哈根尽管没有像普宁那么爱用动词现在式，也算是喜欢用的了，“今天晚上过得非常好，要不是咱俩共同的朋友告诉我你那种乐观的打算，我是决不会破坏这种愉快的气氛的。晚安，哦，顺便说一下……当然，你还会拿到秋季这一学期的全薪，然后咱们再看看春季学期我们能为你争取到多少，尤其是你如果同意承担一些我可怜的老肩膀扛的那些乏味的行政工作，而且你如果还愿意生气勃勃地参加在新楼举办的戏剧表演节目。我认为你应当参加演出，是我女儿导演的；这可以分散你的注意力，使你忘掉忧愁。现在马上上床，看一本好的侦探小说，睡个好觉吧。”

在门廊那里，他用一股足能握两只手的劲头，握了握普宁没有反应的手。然后，他就挥动手杖，轻松地走下木台阶。

纱窗门在他身后砰的一声关上了。

“Der arme Kerl[2]，”心地善良的哈根一边朝家里走，一边喃喃地说，“至少，我给这颗苦药丸包上了一层糖衣。”

1　原文是 I go now。

2　德文，可怜的家伙。

一三

普宁从饭厅的桌子和餐具柜上，把用过的瓷器和银餐具端到厨房的水槽里。他把剩下来的菜肴放进那个亮着北极光的冰箱里。火腿和口条都吃光了，小红肠也没剩下；可是那盘冷拌菜不太受欢迎，剩下的鱼子酱和肉馅饼还够明天吃上一两顿的。他从瓷器柜旁边走过，它又“喀唧——喀唧——喀唧”响起来。他察看一下起居室，开始收拾。普宁拌的五味酒还剩点底，在那个美丽的大玻璃碗里闪闪发光。琼在她的小茶碟里弄灭了一个沾有口红印的烟蒂；贝蒂一点痕迹都没留下，还把所有的玻璃杯都拿到厨房里去了。赛耶夫人把一盒漂亮的彩色火柴忘在她的盘子里了，旁边还有点杏仁糖。赛耶先生把大约半打餐巾纸拧成了各种奇形怪状的样儿；哈根把一根脏雪茄熄灭在一小串没吃的葡萄里了。

普宁在厨房里准备洗碟子。他脱掉那件绸衣，除去领带，拿掉假牙。他穿上一条喜剧中风骚女仆穿的那种带花纹的围裙，免得弄脏衬衫前身和礼服裤子。他把盘子里的残羹剩渣都刮进一个牛皮纸口袋里，留着喂一条有时下午来找他的、背上有粉红斑的白色小癞皮狗——没有理由让一个人的不幸遭遇影响到一条小狗的乐趣。

他在水槽里准备好尽是泡沫的肥皂水来刷洗瓷器、玻璃杯和银餐具，小心翼翼地把那个蓝里透绿的玻璃碗放进这盆温暾的肥皂水里。它慢慢沉下去，燧石玻璃发出一种闷声闷气的共鸣柔声。他先在水龙头下面冲洗一遍银餐具和琥珀色的酒杯，然后也把它们放进肥皂水里。接着，他又把刀叉和匙儿捞出来冲净擦干。他像一个工作没多大条理的人那样迷迷瞪瞪、心不在焉地干活。他把擦干了的匙儿攒在一起，插进一个洗过而没擦干的水罐里，然后又一把一把地拿出来，重新擦一遍。他又在肥皂水里的酒杯周围和那个声音好听的玻璃大碗底下摸来摸去，看看还有没有漏下的银餐具——果然又找到一个胡桃夹子。过分讲究的普宁把它用净水冲冲，正在把它擦干的时候，这件细长的家伙不知怎地就像一个从屋顶上栽下去的人那样从毛巾中滑落了。他差一点就抓住它——手指头确实在半空中碰到了它，可是这一下反倒把它碰进水槽里藏着宝贝的肥皂水里，只听扑通一声，紧接着就是咣当一声叫人心疼的玻璃破碎声。

普宁把毛巾往旮旯里一扔，扭过脸去，呆立片刻，凝视着那扇开启的后门外面的黑暗。一个不出声的、翅翼带花边的小青虫子，在一盏没有灯罩的炫眼强光灯下，在普宁光溜溜的秃脑瓜子上方打转转。他半张着没牙的嘴，一层薄薄的泪水使他那双茫然若失、眨也不眨的眼睛黯淡无光，看上去他老态龙钟极了。他痛苦地知道已有东西砸碎，悲叹一声，又回到水槽前，强打起精神干活，把手伸入肥皂水，一块玻璃碴扎了他一下。他轻轻从水里捞起一只碎了的玻璃杯。幸好那个美丽的大碗安然无恙。他又拿出一块新擦碗巾，继续干他的家务活儿。

样样都给洗净擦干，那个大碗孤独而庄严地给放在碗柜那层最安全的架子上。接着，这所亮着灯光的小房子在茫茫黑夜中给牢靠地上了锁，普宁就在厨房那张桌子前坐下来，从抽屉里取出一张黄色草稿纸，打开自来水笔，开始拟个信稿：

“敬爱的哈根，”他用清楚而雄劲的书法写道，“请允许我再扼要从述（划掉）扼要重述我俩今天的谈话。我必须承认，它使我有点惊讶。如果我荣幸地正确理解您的话，您是说——”

第七章

一

我回忆跟铁莫菲·普宁头一次见面，是与一九一一年春季一个星期日我的左眼眯了一粒煤灰有关。

那是圣彼得堡一个寒冷、刮风的晴朗早晨，拉多加湖[1]里最后一块透明的冰已经被涅瓦河水冲向海湾，靛蓝的波浪涌起，拍打湖堤的花岗岩，拖船和大型驳船系泊在码头，发出有节奏的吱吱嘎嘎和嚓嚓的响声，另有几艘停泊的汽艇，船上的桃花心木和黄铜在怯生生的阳光下闪闪发光。我正在试骑一辆漂亮的新英国自行车，这是父母送给我的十二岁生日礼，我在平滑的镶木板人行道上，朝我们家那所坐落在莫尔斯卡娅大街上的玫瑰色石房骑去，由于严重违背了家庭教师的规定而心里忐忑不安，可是这种心情远不及一粒煤灰在刺痛我的眼角膜那么严重。家里那种用一小块在凉茶里泡过的棉花冷敷和tri-k-nosu[2]（朝鼻子方向揉）之类的治疗方法，只是把事情搞得更糟；第二天早上我醒来时，那粒潜伏在我上眼皮里面的小玩意儿就像是一块多棱角的硬块，我泪汪汪地眨眼，它就更往里嵌。午后，我被带到著名眼科专家巴威尔·普宁医生那儿去治

1 Ladoga，欧洲最大的湖泊，位于俄罗斯西北部。

2 用拉丁字母转写的俄文。

疗了。

小孩敏感的脑子往往把一些蠢事永远牢牢记住，其中有一桩就是我跟我的家庭教师坐在普宁医生那间充满阳光、奢华漂亮的候诊室里那段时间里所发生的事。那儿的壁炉架上放着一个镀金的台钟，它的圆玻璃罩上映出一扇窗户缩小了的蓝影儿，两只苍蝇一个劲儿围着那盏死气沉沉的枝形吊灯慢慢画四方框框。一位太太，戴一顶装饰着羽毛的帽子，和她那戴墨镜的丈夫，默默地坐在长沙发上；后来又进来一位骑兵军官，在窗前坐下来看一张报纸；接着那位丈夫走进普宁医生的诊室；我这时才注意到我的家庭教师脸上浮现出一种古里古怪的表情。

我就用自己那只好眼睛随着他的视线望过去。那位军官正朝着那位夫人伛过身去。他说一嘴挺快的法国话，埋怨她前一天所做的或没做的什么事情。她便把自己一只戴手套的手伸过去让他亲吻。他用嘴在手套的网眼上沾了一下——然后站起来走了，他患的不知什么毛病也就霍然痊愈。

在温和的容貌、壮实的身躯、精瘦的大腿、猿猴那样的耳朵和上嘴唇等方面，巴威尔·普宁医生看起来很像铁莫菲，当然后者得在三四十年后才会成为那副模样。不过，父亲那方面嘛，一缕稻草颜色的头发缓和了扩展的秃发病；他戴一副已故契诃夫[1]医生所戴的那种系一条黑缎带的黑边夹鼻眼镜；他说

1 Anton Pavlovich Chekhov（1860—1904），俄国作家，原本学医。

起话来有点结巴，跟他儿子后来说话的声音大不相同。那位温和的大夫用一个小精灵的鼓槌似的小工具，把我眼睛里那粒刺痛人的黑色微粒挑了出来，真是医道如神，一下子就解除了痛苦！我不知道如今那粒小灰尘在哪儿呢？叫人不可思议而乏味的事实就是它确实在哪儿存在着呐。

也许是因为我常去同学家的缘故，我见过其他中产阶级人士住的公寓，因此便不知不觉在记忆里留下了普宁家那套房子大体上符合实际情况的样儿。所以，我可以说它大致包括两排房间，中间有一条长过道；一边是候诊室，医生的办公室，再往里也许是餐厅和客厅；另一边是两三间卧室，一间教室，一间浴室，一间女仆房间和一间厨房。我正要拿着一小瓶眼药水离开，我的家庭教师趁机向普宁大夫打听一下眼疲劳会不会引起胃病，这当儿外面的前门一启一关。普宁大夫敏捷地走进过道问了一声，得到一声很轻的回答，接着便跟他的儿子铁莫菲一齐走回来。铁莫菲是一个十三岁的 gimnazist[1]（古典中学的学生），穿着他那身学生制服——黑上衣，黑短裤，闪亮的黑腰带（我进的是一家比较自由的学校，爱穿什么上学都行）。

我确实记得他那小平头，他那虚胖而苍白的脸，他那对红耳朵吗？是的，一清二楚。我甚至还记得那位得意的爸爸说："这孩子代数刚考个五加（A^+）"，而他却怎样神不知鬼不觉地

1 用拉丁字母转写的俄文。

从他自豪的父亲的手下摆脱出自己的肩膀。从过道尽头飘来一股挺冲的洋白菜丝儿做的馅饼味儿，另外我通过教室那扇开启的门可以看到里面墙上有一张俄国地图啦，一架子的书啦，一个填塞得鼓鼓的松鼠啦，还有一个用亚麻布做翅膀、橡皮筋做马达的单翼飞机。我也有一架，一模一样，不过比他那个要大一倍，是在比亚里茨[1]买来的。您把螺旋桨旋转一会儿，橡皮筋便朝反方向扭动，出现预示飞行范围有限的、挺招人喜欢的密密的螺层。

1 Biarritz，法国西南部大西洋海岸上的港市，疗养地。

二

五年后，我妈、弟弟和我在我们圣彼得堡附近的庄园度完初夏后，赶巧又去拜访一位沉闷的老姨婆，她那凄凉得古怪的乡村别墅靠近波罗的海海滨一个避暑胜地。一天下午，我正集中心思，欣喜若狂地把一只罕见的畸形的豹纹蝴蝶肚子朝上摊开来，它那后翼底部表面的银色条纹和一片匀称的金属光泽融合在一起，煞是好看，忽然一位男仆进来通知说老太太要我去一趟。在客厅里，我发现她正在和两个穿大学生制服的、羞怯的青年说话。一头金发的是铁莫菲·普宁，另一个黄褐色头发的是格里哥利耶·别劳什金。他们来请求我姨婆允许他们使用她庄园里的一个空谷仓上演一出戏。那是译成俄文的阿瑟·施尼茨勒[1]的三幕剧《调情》。省里有一名半吊子职业演员昂察洛夫，主要靠一些褪了色的旧剪报而享名，协助排演这出戏。我愿不愿意参加演出呢？当时我十六岁，既腼腆又傲慢，谢绝扮演第一幕里那个无名绅士。那次会见就在这种相互难堪的局面下结束，也没有因为普宁或别劳什金碰翻一杯梨汁格瓦斯[2]而

1 Arthur Schnitzler（1862—1931），奥地利剧作家与小说家。他的《调情》一剧写年轻姑娘克丽斯廷听说她的情人因为追求另一女人而决斗死亡后，也自杀身亡。

2 Kvas，一种略带酸味的清凉饮料。

有所缓和，接着我就玩我的蝴蝶去了。两个星期后，我有点被迫地去看那次表演。谷仓里挤满了 dachniki[1]（度假的游客）和附近一家医院的残废军人。我跟我弟弟一道去的，坐在我身旁的是我姨婆庄园的管家，罗勃特·卡尔洛维奇·霍恩，一个出生在里加的兴致勃勃、心直爽快的家伙，生一对充血的蓝瓷般的眼睛，老是在不该叫好的地方热心喝彩。我还记得那些当作摆设的枞树枝子散发的香味，记得老乡的孩子从墙壁裂缝偷看戏的亮眼睛。前排座位跟戏台靠得很近，以致台上那位受骗的丈夫掏出龙骑兵和大学生佛里兹·罗伯海默写给他妻子的一叠情书，朝佛里兹脸上扔过去的时候，您都能看得很清楚那是一些旧明信片，犄角上的邮票都让人给剪掉了。我敢保证扮演那个发怒绅士的小角色的是铁莫菲·普宁（尽管，他在后几幕里当然还可能扮演别的角色）；但是，一件米色大衣、一把蓬松的大胡子、一头从半当腰分开的黑色假发，把他的面目彻底改变了，即使我看到他登场也感到有点高兴，但并不敢完全相信是他。那个注定要在一场决斗中死去的年轻情夫佛里兹，不光是同那位绅士的老婆，那位身穿黑丝绒衣服的夫人，有偷偷摸摸的神秘恋爱关系，而且还玩弄一个幼稚的维也纳姑娘克丽斯廷的心。佛里兹由四十岁的胖乎乎的昂察洛夫扮演，搽一脸暖

1　用拉丁字母转写的俄文。

色的粉褐油彩，用手嗵嗵地捶自己的胸口，声音就跟拍打地毯上的尘土一样响。他不屑背熟台词，满嘴即兴词句，几乎把佛里兹的伙伴西奥多·凯赛（格里哥利耶·别劳什金扮演）搞得狼狈不堪，难以对答。昂察洛夫一味迁就的一个有钱的真正的老处女被不相称地指派扮演小提琴手的女儿克丽斯廷·魏尔林。西奥多的小情人米喜·施拉格，一个小帽商，是由别劳什金的妹妹，一个瘦脖颈，眼神温和的漂亮姑娘扮演的，那天晚上她得到的喝彩声最多。

三

后来在革命和内战的岁月里，我不大可能有机会想起普宁医生和他的儿子。我如果重新构成先前的某些印象，也只局限于脑中偶尔闪现的念头罢了，在二十年代初期一个四月里的夜晚，我在巴黎一家咖啡馆里忽然发现自己在跟金棕色胡子、孩儿眼的铁莫菲·普宁握手，那当儿他已经是一位写了好几篇论俄罗斯文化的卓越论文的年轻而博学的作者了。当时流亡的俄国作家和艺术家时兴举办朗诵会或者演讲会，散会后习惯聚集在三喷泉咖啡馆里；在这样一个场合，我的嗓子还因读讲稿而沙哑着呐，我不仅跟普宁提起我们过去相会的情景，而且还炫耀我那不寻常的记忆力来逗他和周围其他的人乐。可他却一概否认。他说他还依稀记得我那位老姨婆，但是压根儿就没见过我。他说他的代数分数一向很差，不管怎么说，他爹从来没在病人面前夸耀过他；他说他在那出 *Zabava*（《调情》）的戏里，只扮演了克丽斯廷的父亲那个角色。他一再强调我俩压根儿就没见过面。两人之间小小的争执成了一场并非恶意的玩笑，大家都笑了；我发觉他那么固执地否认自己的往事，就转了话题，不再过分牵扯到私人的事。

没一会儿工夫，我渐渐发现有一个身穿黑绸衫、棕色头发上扎了一条金色带子的、挺漂亮的姑娘成为我讲话的主要听众了。她站在我面前，用左手掌托着右胳膊肘儿，像吉卜赛人那样用右手的拇指和食指捏着一根烟卷，烟雾袅袅上升，熏得她半闭着那双明亮的蓝眼睛。她是丽莎·包果列波夫，一个医学院学生，也写写诗。她问我她可不可以寄些诗给我，由我来评定一下。稍后在那个晚会上，我发现她紧坐在一个汗毛多得叫人恶心的青年作曲家伊万·纳哥依的身旁；两人以 auf Bruderschaft[1] 的方式饮酒，那就是他俩把肘臂环绕在一起喝；隔开几把椅子那边坐着一位很有天资的精神病学家、丽莎最近的情人巴拉甘大夫，用他那杏仁形的黑眼睛沉默而失望地注视着她。

几天之后，她把诗寄来了；她的作品是那些流亡的蹩脚女诗人模仿阿赫玛托娃诗作的玩意儿：无精打采的抒情短诗，给人的印象好像那些诗是在或多或少踮着脚尖走出抑抑扬格的四音步，然后沉闷地长叹一声，颇为吃力地坐下来似的：

Samotsvétov króme ochéy
Net u menyá nikakíh,
No est'róza eshchó nezhnéy

1 德文，友爱。

Rózovïh gúb moíh.

I yúnosha tíhiy skazál:

"Vashe sérdtse vsegó nezhnéy ..."

I yá opustíla glazá ...

我把这首俄文诗音译过来，填上了重音音节，而且一般理解都把 u 念成短"oo"音，i 像个短"ee"，zh 像法语里的"j"。skazal-glaza 这样的不规则韵脚被认为很雅致。也注意到其中的色情潜流和 cour d'amour[1] 的涵义。译成散文大致为："除了我的眼睛之外，我没有什么珠宝，可我有一朵玫瑰比我红润的嘴唇还要柔软。于是一个沉静的青年说：'世间没有什么比你的心更柔软了。'我便低下我的视线……"

我写信告诉丽莎说她的诗写得不好，应当停止写作。后来没过多久，我又在另外一家咖啡馆看到她兴致勃勃、满面笑容，同十来个俄国青年诗人围坐在一张长桌子周围。她带着一股讥诮和神秘的固执劲儿，用她那蓝宝石的目光老盯着我瞧。我们俩交谈起来。我提出让我在一个僻静的地方再看看她那些诗。她同意了。结果我告诉她那些诗比我头一次看的时候还要糟。她住在一个破败的小旅馆最便宜的房间里，没有洗澡间，邻居是两个嘁嘁喳喳的年轻英国人。

1 法文，求爱。

可怜的丽莎！她当然有她爱好艺术的时刻，例如她会在五月的一个夜晚，站在一条肮脏的街道上借着街灯的光，着迷地欣赏——不，崇拜——一堵湿漉漉的黑墙上贴着的一张旧招贴画的五颜六色的残余，以及街灯旁边低垂的椴树半透明的绿叶，不过她是这样一种女人：把健康的美貌和歇斯底里的邋遢，诗意的激情同非常实际而庸俗的想法，坏透了的脾气和感伤的情绪，消沉的顺服和一种任意支使人的旺盛能力混合在一起。在滥用感情的结果下，在一连串事件的过程中，叙述也不会引起大家的兴趣，反正丽莎吞服了一大把安眠药片。她昏昏沉沉失去知觉时，碰翻了一瓶开着盖的、她平时用来写诗的深红色墨水，鲜艳的细流流出了她的房门，让克丽丝和卢及时发现了，她那条命被救了回来。

那次意外之后，我有两个星期没见到她，可是正当我要去瑞士和德国的前夕，她在我住的那条街尽头的小花园里把我拦住了，她身穿一件漂亮的新衣裳，颜色像巴黎天空那样的鸽子灰，看上去又苗条又古怪，头戴一顶真够迷人的新帽子，顶端还插着一根蓝鸟羽毛，她交给我一张折叠好的信纸。“我想征求您最后一次忠告，”丽莎用法国人称之为“失真”的声调说，“这是我收到的一封求婚信。我等到今天半夜，如果那时还没有得到您的回音，我就接受下来。”她叫了一辆出租汽车便走了。

这封信碰巧留在我的一些文件里。内容如下：

“我害怕您会为我的坦率直言而感到痛苦，我亲爱的丽丝”（写信人虽然用的是俄文，却通篇用法国方式称呼她的名字，我猜想要么是为了避免使用太熟悉的“丽莎”，要么是为了避免使用太正式的“伊丽莎维塔·英诺肯蒂耶芙娜”）。“对一个敏感的（chutkiy[1]）人来说，看到另一个人处于一种困境，一向是件很痛苦的事。而我就是绝对处于一种困境。

“您，丽丝，受到一群诗人、科学家、艺术家、花花公子的包围。据说，那位去年给您画像的著名画家，如今在马萨诸塞州荒野酗酒无度（govoryat, spilsya[2]）。另有许多其他谣传。所以我在这里敢于给您写信。

“我长得并不漂亮，我这个人枯燥无味，也没有天赋。我甚至也不阔绰。但是，丽丝，我把我所有的一切都献给您，直到我的最后一个白细胞，直到我的最后一滴眼泪，样样都献给您。请相信我，这比任何一位天才所能提供给您的都要多，因为天才需要给自己保留许多，从而不能像我这样把他的全部都献给您。我也许不会获得幸福，但是我深信自己将尽一切力量使您获得幸福。我希望您写诗，我希望您继续研究您的精神治疗法——这一方面我懂得不多，而且怀疑我懂得的那一部分的效用。顺便另邮附上我的朋友沙多教授在布拉格出版的一本小册子，其中精彩地反驳了您那位哈尔普博

1 用拉丁字母转写的俄文。

2 用拉丁字母转写的俄文，据说成了酒鬼。

士认为出生对婴儿来说是一种自杀行动的理论。我斗胆地在沙多这篇杰出的论文第四十八页上改正了一个明显排错的字。我等待您的”（接下去大概是“决定”这个词，底下的信纸和签名都让丽莎裁掉了）。

四

六年后，我重访巴黎，听说铁莫菲和丽莎·包果列波夫在我上次离开之后不久就结婚了。她送给我一本她出版的诗集 *Suhie Gubï*[1]（《干枯的嘴唇》），并用深红色墨水在扉页上题词："一个陌生人赠给一个陌生人"（neznakomtsu ot neznakomki）[2]。一位著名的流亡分子、社会革命党人在他的公寓里举办茶会，我在这个场合遇见了普宁和丽莎。这是一种非正式的集会，来宾当中有老派的恐怖主义分子啦、英勇的修女啦、富有才华的享乐主义者啦、自由派人士啦、冒险的青年诗人啦、上了岁数的小说家和艺术家啦、出版商和评论员啦、自由思想的哲学家和学者啦，这伙人代表了一种特殊的骑士精神，一个流亡社会的活跃而重要的核心，它在本世纪三分之一的时间里很兴旺，可是对美国知识分子来说却几乎是完全陌生的，在他们的概念里，由于精明的共产党的宣传，俄国流亡者是指一帮完全虚构的模糊的人群，其中包括所谓的托派分子啦（不管这些人究竟是什么人）、腐败的反动分子啦、变节或乔装的契卡[3]人员啦、

1 用拉丁字母转写的俄文。

2 用拉丁字母转写的俄文。

3 Cheka，又作 Vecheka，早期的苏联秘密警察机构，克格勃（KGB）的前身。

有贵族头衔的夫人啦、职业神甫啦、餐馆经理啦、白俄军团的成员啦，在文化上都没有什么重要性。

普宁正在桌子另一头同克伦斯基[1]展开一场政治辩论，丽莎就趁这个机会告诉我（仍然带着以往那种赤裸裸的坦率），她“把自己的往事都向铁莫菲和盘托出啦”；可他是个“圣人”，“原谅了”我。幸好她后来不经常陪他出席一些招待会，我在那种场合中荣幸地有时坐在他身旁，有时坐在他的对面，我们这一群亲密的朋友聚集在自己孤独的小行星上，超脱了那个邪恶而豪华的城市，灯光照在这位或那位苏格拉底的脑壳上，一片柠檬在那用匙儿晃荡的玻璃杯里打转转。一天夜里，巴拉甘大夫、普宁和我坐在布罗托夫家里聊天，我碰巧跟那位精神病学家谈起他的一位表亲柳德米拉，现在是德某某夫人，我在雅尔塔、雅典和伦敦都见过她，突然普宁从桌子对面冲巴拉甘大夫喊道：“喂，他说的话可千万别信，格奥吉耶·阿拉莫威奇。他捏造事实。有一次他居然编谎话，说我和他在俄国是中学同学，还在考试时共同作弊。他是个可怕的说谎家（on uzhasnïy vïdumshchik[2]）。”这一突然的爆发使巴拉甘和我瞠目结舌，弄得我们两人只有默默坐在那里，面面相觑。

---

1 Alexander Kerenski（1881—1970），一九一七年俄国临时政府的首脑，后流亡巴黎。

2 用拉丁字母转写的俄文。

五

人在回忆旧友时，后期的印象往往比早期的印象要淡。我记得四十年代初期有一次在纽约看一出俄罗斯戏剧，幕间休息时我同丽莎和她的新丈夫埃里克·温德大夫聊天。他说他“对普宁教授先生确实有一股亲切的感情”，而且还讲给我听他们在第二次世界大战初期从欧洲来美途中的一些稀奇古怪的细节。那几年我在纽约的一些社交场合和学术集会中碰见过普宁多次；但是我只清楚地记得一件事，那就是一九五二年我们两人在一个挺欢乐、挺潮湿的夜晚搭乘一辆西区的公共汽车的情景。我俩来自各自执教的学府，参加一次为纪念一位伟大作家逝世百周年而在纽约市中心举办的文艺集会，有许多流亡人士参加。普宁从四十年代中期起就开始在温代尔学院教书，我过去从来没见过他像当时那样健康，那样顺利，那样自以为是。他逗乐地说他和我原来都是 vos' midesyatniki[1]（八十年代人），意思是说我俩当晚碰巧都下榻在西区八十号街；在那辆乘客拥挤的、颠簸的车上，我们俩拉着车上两个紧挨着的吊环，我这位好友时不时想法低头，歪

1 用拉丁字母转写的俄文。

着脑袋朝外瞧瞧（不断地试图一再查对十字路口的街号），同时还跟我大谈特谈他方才在纪念会上没时间谈到的荷马和果戈理如何运用迂回曲折的比喻。

六

我决定接受温代尔学院教授职位时，约定可以自行邀请我需要的人在我计划开办的俄语专科任教。得到这一项保证之后，我就写信给铁莫菲·普宁，用最友好的措词聘请他协助我一道工作，无论他用什么方式，协助到什么程度都悉听尊便。他的回信却使我骇然，而且伤透了我的心。他简略地答道他已对教学感到腻味，甚至不等这个春季学期结束就想不干了。接下去他就谈起别的事。维克多（我在信中有礼貌地问起过他）跟他母亲在罗马；她跟她的第三任丈夫离了婚，又嫁给一个意大利艺术品掮客。普宁在信的末尾表示非常遗憾，说他可能在我二月十五日星期二于温代尔学院作学术报告之前两三天就要离开那里。他没说明去向。

十四日星期一夜间，我乘"灰狗"长途车到达温代尔。考克瑞尔夫妇在车站接我，并请我到他们家去吃夜宵，我发现当晚我得住在他们家里，而不是照我原来所希望的那样，在一家旅馆过夜。格雯·考克瑞尔将近四十岁，猫咪脸，优美的胳膊腿儿，原来是个很漂亮的娘们儿。她丈夫我在纽黑文[1]见过一

1 New Haven，耶鲁大学所在城市。

面，记得是个相当无精打采、圆脸盘、淡黄色头发的英国人，如今却长得跟他一直模仿了差不多十年之久的那个人一模一样了。我很疲倦，并不过分期望晚餐自始至终有什么助兴节目，可我得承认杰克·考克瑞尔模仿普宁的言谈举止简直到了惟妙惟肖的地步。他至少扮演了两个钟头，样样都表演给我看——普宁讲课的姿势啦、普宁的吃相啦、普宁向女学生飞个媚眼啦、普宁有一次粗心大意地把一架风扇放在澡盆上方的一块玻璃搁板上扇风，结果它本身的震荡差点儿让它一头栽进澡盆里，后来普宁怎样把这个史诗般的故事讲给大家听啦；普宁死乞白赖让那位跟他几乎不相识的鸟类学家温教授相信他俩是哥们儿，铁姆和托姆——搞得温教授匆匆断定：这人准是一个假冒普宁教授的家伙。这一切当然穿插着普宁式手势和普宁式蹩脚英语，除此之外，考克瑞尔居然还会模仿其他事儿，譬如普宁和赛耶紧挨着一动不动地坐在教员俱乐部里的椅子上沉思默想，两人在沉默之间的细微差别他都学得上来。我们还看到普宁在书库里查书的架势，普宁冬天在校园结冰的湖上蹑手蹑脚行走的样儿。我们听到普宁对他租住的一连串不同的房间所下的评语。我们还听到普宁讲他怎样学开汽车，以及他从考克瑞尔估计他是去度暑假的那个“沙皇某位枢密顾问官的养鸡场”返回时怎样应付车胎首次被扎破的尴尬处境。最后，我们终于谈到普宁有一天宣布他已经被“枪毙了”，据那位模仿者说，那个可怜的家伙意思是说被“解雇了”——（我怀疑我的朋友怎么可能犯这样一个语病）。聪明的考克瑞尔还讲了普宁和他的同胞考玛洛夫之间那种古怪的不和——那位平庸的壁画家步伟大的朗氏的后尘，继续没完没了地往学院食堂的墙壁上增添教员像。尽管考玛洛夫和普宁不属于同一政治派系，这位爱国的艺术家还是从院方解雇普宁这一事件中看出是一种反俄姿态，于是便开始把那个站在年轻而有点胖（如今已经瘦削）的布劳伦吉和年轻而蓄小胡（如今已经剃掉）的哈根中间的绷着脸的拿破仑像抹掉，以便腾出地方画普宁；于是就出现普宁和波尔院长午饭时相遇的场面——一个气急败坏、唾沫星子飞溅、操着乱七八糟的英语的普宁，用哆哆嗦嗦的食指指着墙上一个幽灵似的、帝俄时代的农民的画像初稿，大喊大叫地说如果他的脸出现在那件宽肥的短外套上面，他就到法院去控告学院；他那位听众，双目完全失明而陷入困境的、沉稳的波尔院长，等着普宁的火气慢慢消失后，向周围的人笼统地问："刚才说话的那位外国绅士是咱们这儿的教员吗？"哎呀，这场模仿简直妙不可言，格雯·考克瑞尔尽管一定听见过多次，还是哈哈大笑，把他们家那条脸带泪痕、长耳朵的西班牙种棕色老狗索巴克威奇都给笑毛了，直用鼻子闻我。我再重复一遍，这段表演妙透了，不过也太长了。到了午夜，大家的兴致才淡下来；我觉出自己一直让脸上浮现的那种微笑开始发僵，嘴唇都有痉挛的迹象了。最后，整个事情叫人腻味透了，我都怀疑普宁的趣事是不是由于某种富于想象力的报复，已经在考克瑞尔身上形成致命的着魔程度，使他这个嘲弄普宁的人反倒成了真正的嘲笑牺牲品。

我们喝了大量的威士忌酒，午夜后，考克瑞尔突然做出一个决定，这种决定在某种醉醺醺的程度下看来是聪明而有趣的。他说他敢保证普宁这条老狐狸昨天根本就没走，而是躲起来了。干吗不打个电话探听一下呢？他就拨个电话，尽管对方电话铃声在想象中的远方过道里响着，催人来接却没人答理，可是如果普宁当真已经走掉，把房子腾空了，这个没毛病的电话也许就会被电话局掐断线路了。我当时莫名其妙地想同我的老伙伴铁莫菲·巴里奇说几句友好的话，所以过了片刻，我也试试想把电话打通。突然电话里传来咔哒一声响，有了回声，一阵呼哧呼哧的喘气声，接着有一个伪装得很差的声音说："他不在家，他已经走了，他早就走了。"——刚一说完，对方就把电话挂断；然而，那不是别人，正是我的老朋友，就连学他说话学得最像的人也不会把"at"（在）这个词念得很重而发出德语"hat"那个词的音，"home"（家）念得像法语里的"homme"，"gone"（走）像"Goneril"[1]这个词的起首音。考克瑞尔又建议索性开车到陶德街九百九十九号去夜访那个隐藏起来的房客，可是考克瑞尔太太出面干涉，不同意那样做；于是，度过一个使我内心多少有点同嘴里一样不是滋味的夜晚之后，我们就睡觉去了。

1 高纳里尔，古代传说中英王李尔的长女。

七

我在一间漂亮、通风、布置得挺好的房间里过了一个失眠的夜晚，那间屋子的门窗都关不严，我在床头柜上用一本经常带在身边的《福尔摩斯探案选集》垫起一盏台灯，就在微弱的灯光下校阅我带来的清样，即使这样也没能减轻我的失眠症。每隔两分钟左右，外面就有卡车通过一次，隆隆的响声震得房子直晃悠；我时而打个盹儿，时而又喘口气坐起来，街上的亮光透过薄窗帘映在镜子上，照得我头昏目眩，觉得眼前仿佛有一支行刑队。

我这个人面对一天紧张的工作，必得先喝三只橙子挤出来的汁才成。所以，清晨七点半，我匆匆冲个澡，五分钟之后就在那条无精打采的、长耳朵的索巴克威奇陪伴下走出大门。

寒气袭人，天空晴朗无云。那条空荡荡的马路朝南伸向一座灰蓝色的小山，山上覆盖着一块块白雪，清晰可见。我的右边有一棵又高又秃的白杨树，颜色像扫帚那样的棕色，清晨的阳光把树影照得挺长，跨过那条马路，伸展到对面一所圆齿状的、奶油色房子那儿，据考克瑞尔说，我那位前任者认为那是土耳其领事馆，因为他看见有不少戴圆筒毡帽的人走进去过。我朝左拐，向北下坡，走过两条街去一家我昨天夜里注意到的饭馆；可它还没开张，我只好折回来。我刚走两步，马路上就隆隆驶过一辆满载啤酒的大卡车，后面紧跟着一辆淡蓝色小轿车，从里面伸出一条白狗的脑袋，它的后面又是一辆像前面那辆一样大的卡车。那辆寒伧的小轿车上堆满了箱笼；驾车人是普宁。我急忙大声招呼，可他没看见我，我只希望前面一条街的红灯把他滞留在那里，自己快步上坡赶过去把他截住。

我连忙超过后面那辆卡车，又瞥见了我的老朋友，他侧面的脸色显得紧张不安，头戴一顶有耳扇的小帽，穿一件风衣；可是霎时间绿灯亮了，那条小白狗探头朝索巴克威奇汪汪吠了几声，接着全都朝前拥去——第一辆卡车，普宁，第二辆卡车。我站在原地眼看三辆车在那所摩尔人的住宅和那棵伦巴第[1]白杨树之间的车道上渐渐远去。随后，小轿车大胆地超越前面那辆卡车，终于自由自在，加足马力冲上那条闪闪发亮的公路，能看得很清楚那条公路在模糊的晨霭下渐渐窄得像一条金线，远方山峦起伏，景色秀丽，根本说不上那边会出现什么奇迹。

考克瑞尔穿着棕色晨袍，脚蹬凉鞋，先让那条长耳狗进屋，然后领我到厨房去吃一顿备有淡而无味的腰子和鱼的英式

1 Lombardy，意大利北部一地区。

早餐。

“现在嘛，”他说，“我要讲给你听另外一段普宁的故事：他在克莱蒙纳妇女俱乐部站起来演讲，却发现自己带错了讲稿。”

译者的话

弗拉基米尔·纳博科夫是著名的俄裔美国学者、文体学家、作家和翻译家。

他一八九九年出生于圣彼得堡一个贵族家庭。祖父曾任沙皇时的司法大臣，外曾祖是俄国皇家医学院首任院长。父亲曾是法官，后因参加立宪民主党领导工作于一九〇八年被捕入狱，一九一七年在临时政府任职，革命爆发后逃往克里米亚，一九一九年又举家途经土耳其流亡西欧，在柏林办一份自由派流亡报纸，一九二二年被两名流亡的右翼保皇党人暗杀，其中一名暗杀者后来成为希特勒手下掌管俄国流亡者事务的官员。

纳博科夫随同父母流亡之前，曾继承了舅父遗赠的两千英亩土地的庄园产业。他先在英国剑桥大学攻读斯拉夫语和罗曼语，获学士学位，后在柏林和巴黎从事俄文创作，他早在一九一六年就已在俄国出版过一本诗集。在欧洲二十年流亡生活当中，他同俄国作家蒲宁一起，在流亡者的圈子里享有声望。一九四〇年纳粹入侵法国前夕，他移居美国，先后在斯坦福大学、韦尔斯利学院、康奈尔大学讲授俄罗斯和欧洲文学以及文学创作，学生当中包括受到他很大影响的美国当今另一著名作家托马斯·品钦。纳博科夫自一九三八年就开始改用英文写作。他业余喜爱收集蝴蝶等鳞翅目昆虫，一九四二至一九四八年还曾在哈佛大学比较动物学博物馆任研究员，发现过几个新品种的蝴蝶和蛾。有位西方评论家认为，正是因为有这方面的爱好而使他能像契诃夫那样，在观察人和社会处境时细致入微，并以科学审慎的态度来阐释。他一九四五年入美国籍，一九六〇年移居瑞士，直至一九七七年病逝。

纳博科夫一生写下了大量作品，据估计有四百余首俄文诗作、六部俄文诗剧、三部俄文散文剧、五十二篇短篇小说（内有二十篇已译成英文）和十七部长篇小说（内有六部是直接用英文写的）。他主要以长篇小说闻名于世，重要作品有《玛丽》（一九二六）、《王，后，杰克》（一九二八）、《防守》（一九三〇）、《荣誉》（一九三一）、《黑暗中的笑声》（一九三二）、《绝望》（一九三六）、《天赋》（一九三七）、《斩首之邀》（一九三八）、《塞巴斯蒂安·奈特的真实生活》（一九四一）、《庶出的标志》（一九四七）、《洛丽塔》（一九五五）、《普宁》（一九五七）、《微暗的火》（一九六二）和《阿达》（一九六九）等。一九五一年他发表了自传《说吧，记忆》，一九六六年又作了修订，美国著名诗人兼批评家埃·布·怀特认为这部自传写得好，应被列为大学英语系必读之书。

一九四四年，纳博科夫完成一部研究果戈理的著作。他早期还曾把罗曼·罗兰的《柯拉·布勒尼翁》、刘易斯·卡罗尔的《爱丽丝漫游奇境》以及济慈、拜伦、波德莱尔、缪塞、莎士比亚、丁尼生的诗译成俄文，后期曾把莱蒙托夫的《当代英雄》、十二世纪俄罗斯史诗《伊戈尔远征记》和普希金的《叶甫盖尼·奥涅金》译成英文。纳博科夫不赞成附庸风雅的意译，他主张直译，并靠注解和评论来阐释。他一九六四年译的《叶甫盖尼·奥涅金》共四卷两千页，译文仅占二百二十八页，工程可谓浩大。

纳博科夫流亡在外总是住在旅馆、公寓或别人家的住宅内，这种生活导致他小说中的人物也大都是像他那样的流亡人物或艺术家，他们为了摆脱精神空虚和受难的现实而沉浸在往事的回忆、纯艺术、棋术或其他一些反常的行为中，作品中流露出一种失意感、精神受压抑感乃至精神崩溃感。

在文体上，他虽然继承了俄罗斯和欧洲文学的传统，但也受到本世纪像乔伊斯、普鲁斯特、卡夫卡等一些作家的反传统的影响。他在文学形式和语言上大胆进行探索，从而在形式和技巧的创新方面独具一格。他的作品文笔幽默、描绘细致，他还喜欢在作品中制谜，犹如魔术师在变戏法，更突出了他的独特风格。但是，他的作品往往隐晦难懂。一位西方评论家说读他的作品时，头一遍如坠入五里雾中，第二遍略见端倪，理出些头绪，第三遍方茅塞顿开，发现阳光灿烂无比，而且看他的书时手边还需备一部《韦氏大辞典》作为向导。另外有些评论家说他操纵笔下人物如操纵木偶，语言如蝶翼上的色彩，认为他是福克纳以来美国最重要的作家，或是乔伊斯以来最有风格、最具独创性的作家。法国作家让－保尔·萨特把纳博科夫归入反小说派作家行列中，说他“有一种流放的愿望要把自己已经筑起来的结构统统推倒，另起炉灶”。

但是，使纳博科夫获得国际声誉的则是他那部引起争议的小说《洛丽塔》。故事梗概大致为一个名叫亨伯特的欧洲中年男子，由于对一个十二岁姑娘发生恋情而娶了她的母亲夏洛特，后夏洛特死去，免除了亨伯特原想谋杀她的企图。他带领洛丽塔赴美旅行，在许多汽车旅馆停留居住，最后达到了他的欲望。洛丽塔后又同另一男子出走，亨伯特追踪寻获，将那个男子杀死，尽管洛丽塔这时已经“衰老”而怀孕，堕落下贱，可他还是非常爱她……这部小说最初于一九五五年在巴黎出版，一九五八年才在美国正式出版，评论界议论纷纭，有的认为这是一部非道德小说，有的认为这是一部堪与《尤利西斯》相媲美的伟大作品，还有的认为作者是借用亨伯特这个人物嘲弄了美国人的某种欲望，以怪诞的手法讽喻了美国人的野心、对青年抱有理想化的看法以及亨伯特那种无耻的个人主义。英国文学批评家马库斯·坎利夫认为当今美国亨利·米勒等人在性爱方面更加露骨描写的作品都已不是禁书，《洛丽塔》则更显得古板而过时了；他在《美国文学史》中写道，“《洛丽塔》是一本充满惊人机智和活力的小说，写美国社会中的粗俗面，谁都比不上纳博科夫；美国汽车旅馆的肮脏和荒谬，是一个非常丰富的写作题材，最后总算找到一个诗人兼社会学家的纳博科夫，把它写得淋漓尽致。”

在创作的目的上，纳博科夫不喜欢别人称他是个“道德讽刺家”，他一再宣称：“我没有什么社会性目的，没有道德信息；我也没有什么总的思想要去开拓。”他喜爱的西方作家是斯特恩、霍桑、爱默生、爱伦·坡、梅尔维尔、阿兰·罗伯－格里耶和博尔赫斯等人，而把司汤达、巴尔扎克和左拉说成是“三个可憎的平庸作家”。

纳博科夫虽已去世，但声誉日益增长，近年出现不少从各个角度研究他的专著和文章，他的作品还有人在做注释本帮助读者理解，传记已出版了多种，他的许多俄文著作由他的儿子迪米特里整理译为英文。

长篇小说《普宁》最初在一九五三年至一九五七年的《纽约客》杂志上间断地连载了四章，是纳博科夫第一部受到美国读者广泛注意和欢迎的小说。它描述一个流亡的俄国老教授在美国一家学府教书的生活。他性格温厚而怪僻，与周围环境格格不入，常受同事的嘲弄，妻子也离弃了他。他孑然一身，只得沉溺于故纸堆，钻研俄罗斯古文化和古典文学聊以自慰；时时刻刻回忆往事，流露出一股浓重的乡愁。纳博科夫把俄罗斯文化和现代美国文明巧妙地融合在一起，诙谐而机智地刻画了一个失去了祖国、割断了和祖国文化的联系，又失去了爱情的背井离乡的苦恼人。

作者在这部作品里还表达了他一向对弗洛伊德学说的憎

恶，嘲讽了美国流行的心理分析学，同时也含蓄地讽刺了当时盛行于美国的麦卡锡主义。对美国学府的讽刺，尽管有些夸大，但并不失真。书中偶尔也出现纳博科夫对共产主义的某些错误看法，读者当然会以批判的眼光来看待的。

纳博科夫喜欢制谜，结构有时来个三百六十度大转弯，这在《普宁》一书中也可见到，例如讲故事的人是谁，直到末一章才见分晓，又如结尾情节又转回到第一章的起首，等等。英国文学批评家G·M·海德曾把纳博科夫塑造的普宁同果戈理《外套》里的小人物阿尔卡季·阿尔卡季耶维奇相比较，认为纳博科夫受果戈理的写作手法影响很大，这话说得不无道理。